吉沢怜香
市ヶ谷雫

CHARACTE
MAIMICHI SHINE SHINE ITTEKURU
佐々木凛子
市ヶ谷碧人

# CONTENTS

MAINICHI SHINE SHINE ITTEKURU GIMAI

# 毎日死ね死ね言ってくる義妹が、俺が寝ている隙に催眠術で惚れさせようとしてくるんですけど……！

田中ドリル

BRAVENOVEL
ブレイブ文庫

# 1　毎日死ね死ね言ってくる義妹が、俺が寝ている隙に催眠術で惚れさせようとしてくるんですけど……！

ソファーに沈み込む体。

鼻腔をくすぐる甘い香り。

少し暗いリビング。

俺は、死ぬほど嫌われているはずの義妹に、ソファーの上で押し倒されていた。

「ねぇ……お兄ちゃん……」

妖艶な声を出しながら、俺の目の前で五円玉をゆらゆらと揺らす義妹。

「ど、どうした雫《しずく》……？　お兄ちゃん、今ならなんでも言うことを聞くぞ……？」

義妹との関係をこれ以上悪化させたくなかった。

そのために、俺は雫の催眠術にかかったフリをしたんだ。

彼女のストレスが発散されるなら、いくらでもサンドバッグになってやろう。

そういう覚悟で臨んだんだけど……。

「キス……して……？」

「へっ……？」

どうしてこうなった……？

五円玉を自信満々にゆらゆら揺らす義妹に押し倒されながら、今日この事件が起こるまでのことを、俺は走馬灯のように思い出していた。

＊＊＊

超がつくほどの美少女と、一つ屋根の下で暮らす。

ラブコメジャンルのライトノベルにありがちな、誰もが羨むシチュエーション。

俺はそんな突飛な状況を、今まさに現実《リアル》で経験している。

俺の今の境遇を羨ましいと思う男性は、世の中にごまんといるだろう。

そんな夢見る男子諸君に、ひとこと言いたい。

……現実は、そんなに甘くはないぞ？

「…………邪魔」

玄関でローファーに履き替える兄を、まるで道端で死んでいるカエルの死骸を見るような瞳でにらみつける義妹。

市ケ谷雫《いちがやしずく》。

艶やかな黒髪、両耳にはピアス、爪には可愛らしいマニキュアを塗っている。

化粧をしなくても百人が百人美少女と呼んでしまうような端正な顔立ちに、彼女は自然で目立たないようなメイクでさらに磨きをかけていた。俺と同じ学年、高校二年生には見えないくらい大人びていて、その可愛らしさ、美しさを武器にすれば芸能界入りだって夢じゃないほどの逸材。

控えめにいって、俺の義妹は超絶ウルトラ美少女だ。

「じろじろ見ないで、気持ち悪い」

「……すまん」

しかしながら妹としての立ち振る舞いは、地獄の悪鬼に負けず劣らずの鬼畜具合である。

この性格を抜きにすれば、学年テストでは毎回上位に食い込むほど成績優秀だし、一年の時の体育祭では陸上部の女子を抜き去るほど運動神経抜群だ。

「学校では絶対に話しかけないでよね。私、アンタと兄妹なんて思われるの死んでも嫌だから」

「はいはいわかってますよ」

本当に……性格さえよければ完璧なんだけどな……。

「わかってるならさっさと退きなさいよ……本当にグズで鈍感なんだから。馬に蹴られて死ねばいいのに」

俺の背中に膝をぶち当てて、雫は玄関から飛び出していった。

血の繋がらない美少女妹と、ほとんどの時間を二人きりで、一つ屋根の下で暮らす。

……残念ながら現実はこんなもん。

洗濯物は別々に、お風呂は必ず俺が後、箸や食器でさえも妹専用が用意されている。

お兄ちゃんが大好きな義妹など、妹がいない男どもの羨望によって生まれた悲しい幻想に過ぎないのだ。

「はぁ……」

大きくため息をつきながら妹に蹴られた背中をさすりつつドアを開ける。

小学校に上がる前に両親を亡くし、親戚であるうちに引き取られた雫。うちに来た当初はかなり憔悴していて、表情もうつろだった。

俺と彼女にほとんど血縁関係はないいんだけど、彼女のいたたまれない境遇を知っていたのと、ずっと一人っ子で弟か妹が欲しいと思っていた俺は、雫に本当の家族だと思ってもらえるよう自分なりに努力してきた。

けれど、結果はご覧の通り。

俺の無駄な気遣いは雫の心を癒すどころか、義兄に対して毎日欠かさず死ね死ね言ってくるような、ある意味強靭な心に進化させてしまった。

雫を叱ろうと思った時期もあった。

けれど雫を叱ったとしても、プライドの高い彼女はものすごい勢いで逆ギレするだろうし、頼みの母親に相談しても『あら、雫ちゃんアンタに懐いてるじゃない』と、意味のわからないことを言うのだ。

「詰んでるよなぁ……」

今日二度目のため息を吐きつつ玄関をまたぐと、俺のじめじめした気持ちとは反対に、春の暖かな陽光が全身を照らした。

義妹に理不尽な罵倒《ばとう》でメンタルを削られていなければ、清々しい気持ちで新学期を迎えられたことだろう。

「あ、あっくんおはよう」

背後からぽやぽやしたような声が聞こえる。

振り向くと、春の軟風に赤みがかった綺麗な茶髪をくゆらせる可愛らしい女の子が立っていた。

俺の数少ない女友達であり、そして幼馴染の佐々木凛子《ささきりんこ》だ。

「おう、おはよう」

栗毛色の髪の毛をおしゃれな感じでカールさせ、頬に少し赤みがかかる程度にメイクをしている彼女。

俺が言うのも失礼だけど、りんこはあまり目立たない。

顔も整っているし、制服の着こなしもこれぞ女子高生といった具合でばっちり決めているんだけど、どことなく地味さが抜けない。ＪＫの王道を征くあまり、没個性になってしまっているような、うまく言えないけどりんこはそんな感じなのだ。

あまり目立たない没個性女子高生と、あまり目立たない幸薄そうな男子高校生（俺）。

同じ属性を持ち合わせていたこと、クラスが小学一年生のころから十一年連続で一緒になったこと、家がかなり近くで通学路が同じだったこと、マンガやラノベが好きだったこと、いくつもの偶然が重なって彼女と仲良くなった。

「あっくん、今日も目が死んでるね。また雫ちゃんにいじめられたの？」

「……お前には関係ないだろ」

「関係あるよ。だって私、結構あっくんのこと好きだし」

「はいはいありがとね」

毎日欠かさず俺に告白する幼馴染。

まったく、俺が一流の童貞でなければ勘違いして告白し返して『えっ、そういう好きじゃないよ？　友達として好きって意味だったんだけど……』と、世界一気まずい空気を作り出してしまうところだ。あぶないあぶない。

「あっくんさぁ、雫ちゃんにもっとガツンと言ったほうがいいよ。こう、お兄ちゃん的な威厳《いげん》をもっと出してさぁ」

「俺に威厳なんてもんがあると思うか？」

彼女いない歴イコール年齢の超絶非モテ非リア充。

対して俺の妹は芸能界からスカウトされまくるような超絶美少女スーパーリア充。

俺みたいなクソ陰キャが威厳（笑）をだしてガツンと言ったところで、逆に妹にガツン（物理）とされるに決まっている。

「うーん、あっくんが本気で怒れば、雫ちゃん言うこと聞くと思うけどなぁ……」

「お前本気で言ってんのか？　あの雫が俺の言うことを素直に聞くなんて天地がひっくり返ってもありえないと思うぞ」

あの完全無欠傍若無人《かんぜんむけつぼうじゃくぶじん》義妹が「ごめんねお兄ちゃん」と素直に謝る絵面を想像しただけで、背中から何やら冷たい汗がにじむ。

「ありえないことないとおもうよ？　だって雫ちゃん、たぶんあっくんのこと好きだし」

母親と同様にありえないことをのたまう女友達に、俺はゆっくりと、優しい口調で諭《さと》す。

「いいかりんこ、女の子は好きな異性に対して『馬に蹴られて死ね』とか言わないんだよ」

「ツンデレってやつだよきっと。だって雫ちゃん、あっくん以外には口も利かないし目だって合わせないんだよ？　罵倒されるだけ好かれてるってことなんだよ、たぶん」

「ツンデレ……？　デレの要素皆無なんだけど？　ツンオンリーなんですけど？　あと罵倒の勢いが凄すぎて息できないんですけど？」

いや、ツンなんてかわいいもんじゃない。どてっぱらに風穴開けられそうなレベルでグサグサさしてくる雫の言葉攻めはさながらパイルバンカーのようだ。

パイルバンカー系義妹なんて今どき流行らないので今すぐにテコ入れしてほしい。

「とにかく、一度試してみたら？」

「何を？」

「雫ちゃんを叱ってみるとか」

「……お前は自分が忌み嫌ってる生き物から叱られて、素直に言うことを聞けるか？　例えばそうだな……巨大なゴ○ブリから『もう理不尽に攻撃しないで！』と叱られて、はいそうですかと素直に受け止められるのか？」

「あっくん、自分の評価がゴキブリ並みだと思ってるんだ……」

「当然だ。雫の俺に対する扱いを見れば、簡単に理解できる」

「まぁ、校内一の美少女と一つ屋根の下だもんね。そりゃ多少なり痛い目見なきゃ割に合わないよ」

りんこは俺の前におどり出て、華麗にステップを決めたのち、にひひっ、と笑う。

こいつは俺が不幸な目に合うのがそんなに嬉しいのか。

「言っておくが、現実の義妹なんてただのデメリットでしかないからな。ラッキースケベなんてもんは起こらないし、起こったとしても俺は興奮したりしない、妹だからな！」

「へぇ～。そういえばあっくんの好きなラノベってなんだっけ？」

「エ○マンガ先生」

「まごうことなき偽妹物だね」

ジト目で俺をにらみつける彼女。……まったく、現実と創作を混同しないでほしいね。

義妹は創作の中でこそ輝くのだ。だって主人公のこと好きだってわかりきってるもんね。好きという前提があれば、多少なりツンツンされても許容できるというものだ。

「はぁ……幼馴染のほうが絶対に良いのに……」

「ん？　何か言ったか？」

「……なんでもない！」

頬を少し膨らませ、俺の幼馴染は少し歩くペースを速める。

「お、おい！　ちょっと待てよ！」

心地よい春風の中、数分後に鳴るであろう始業のチャイムに肝を冷やしながら、俺は学校へ向かった。

＊　＊　＊

学校から帰宅し、時刻は午後六時三十分。

薄暗い自室で、体に悪そうなパソコンの光を一身に浴びながら、大きく息を吸って、叫ぶ。

「……頼むッ！」

俺は神に祈りながら、ライトノベル売り上げランキングのページを開いた。

「……っ！」

まだ結果は見えない。正確には見ようとしていない。未だ目をつむったまま、俺は表示された結果を見れずにいるのだ。

「最後くらい勝つ……絶対に勝つ……っ！」

神に、自分がやってきた努力に、祈る。そして、少しずつ、まぶたを開けた。

「あ……っ」

綺麗に羅列《られつ》された売り上げランキングを見た途端、視界の端がゆっくりと滲んだ。

おそらく涙。

けれど、プラスの感情からくる涙ではない。それにしてはあまりにも冷たすぎるからだ。

冷ややかな雫が、頬を伝う。

「また……負けたぁぁぁあああ！！！」

ご近所中に響き渡る勢いの大音量で、俺は叫んだ。喉から血が出る勢いで、叫び散らかした。

売り上げランキングを見て発狂している様を見れば簡単に推測できると思うけど、俺、市ヶ谷碧人《あおと》の職業は、高校生兼ライトノベル作家だ。

趣味で書き始めたネット小説が何かの間違いで書籍化し、何かの間違いで細々つらつら続いて、遂に迎えた最終巻。その売り上げが他作品と比較された状態でネット上に表示されているのだ。

俺の小説『十二年間片想いしていた彼女が昨日、妹になりました。』は、爆発的に売れたわけでもないし、でもまったく売れなかったわけでもなかった。

正直、処女作で完結まで持っていけたということを鑑みれば、充分すぎる結果だ。

「でも……それでも……最後くらいは奴に勝ちたかった……っ！」

俺と同時期にデビューしたにもかかわらず、遥か先で売り上げランキング上位争いをしているウェブ発ライトノベル作家。

「笹本《ささもと》めぇ……っ！　貴様だけは認めんぞぉ……っ！」

戦闘民族の王子のように喉から声を絞り出し、そう呟く。

俺が笹本鈴紀《ささもとすずき》に固執する理由は至極シンプルなもの。

彼が俺の作品を目の敵にしているからだ。

小説が発売してすぐ、俺は彼からＳＮＳで、直接メッセージを受け取った。内容は以下の通りだ。

『市野《いちの》先生、義妹小説書くのやめたほうがいいですよ？　正直リアリティがないというか、あんまり萌えないんですよね。やっぱり市野先生は幼馴染ものを書くべきだと思います。自身の経験に照らし合わせて書けるし、何より現実的です。義妹より幼馴染です。幼馴染ルート最高』

何故俺に幼馴染がいると知っているのかは知らないけど、とにかく俺の作品を名指しで批判し、さらには義妹というジャンルそのものまで否定したのだ。

許せるはずがないだろう。

現実はともかく、創作上では俺は幼馴染属性よりも義妹属性のほうが大好きだ。幼馴染より義妹の方が禁断の恋愛感があってスケベだし、一つ屋根の下で暮らしているというところもスケベだし、何より血縁関係がないから結婚までできちゃうというあたりがかなりスケベだ。

幼馴染を否定するつもりはない。けれど、俺の大好きな義妹属性を否定されて黙っていられるほど俺は大人ではなかった。

笹本が俺にSNSでケンカを売り、俺も怒りに任せてそのケンカを買った。『アンタの幼馴染ヒロインより、俺の義妹ヒロインのほうがえっちでかわいいことを証明してやるよ！』と、宣戦布告までしてやった。

……にもかかわらず……すべての巻において、笹本の書く幼馴染モノ『モブ幼馴染はお嫌いですか？』に売り上げを離されてしまっているのだ。

悔しくないわけがない。

「くっそおぉおおおぉおおぉおお‼」

このまま喉が破裂するまで叫んで死にたい。本気でそう思うくらいには心が破壊されていた。

「くっそ！　なんで俺の超絶スケベ義妹ラブコメが笹本の野郎に負けるんだよ！　アニメ化確定（予定）の最高傑作だったんだぞ‼」

自分の実力不足だと理解していても、あふれる感情。やるせない気持ち。そういうどうしようもない憤りは、喉を通って爆音となり部屋を揺らす。

俺は完全に冷静さを失い、取り乱していた。

しばらくすると、俺の叫び声をかき消す勢いで、ガンッ！　と大きな音がする。

「ひいっ！」

音の発生源、質から推測するに、部屋のドアがへし折れる勢いでブチ蹴られたのだろう。

ご近所様に確実に迷惑になるレベルで大声を発していた。

間違いなく、この家のどこにいても俺の狂乱した声は届いてしまうだろう。なら、同じ家に住む家族から苦情が来るのは至極当然のことだった。

「ちょっとクソ兄貴！　うるさいんだけど！」

予想通り、不機嫌すぎる義妹の声が聞こえる。

笹本に対する憤りの気持ちは秒で冷め、今はパイルバンカー系義妹に部屋のドアをぶち破られたらどうしようという命が危ぶまれる系の恐怖に、俺の心は支配されていた。

「す、すまん雫！　お兄ちゃんちょっとショックな出来事があって……！」

この程度の謝罪であの雫の怒りがおさまるはずがない。何か手立てを考えないと……！

灰色の脳細胞をフル稼働させて、生存ルートを模索するけど、怒り狂う義妹にみぞおちを二、三発殴られる未来しか見えなかった。詰んでいる。

俺は目をつむってその時を待つ。けれど。

「ショックな出来事……。まぁいいわ、今日だけは許してあげる。でも次騒いだら腹に風穴開けるから」

「えっ……あ、はい……すんませんした……」

予想に反して、雫は大きな舌打ちをしつつも、タンタンと静かに床を鳴らして部屋の前から去っていった。

「あれ……なんで……」

いつもの雫なら確実に俺に物理的ダメージを与えていたはず……。

「まぁ……いいか……」

命の危機を乗り越えれば、再び悲しみが心を支配する。いっそのこと雫にぶん殴られたほうがスッキリしたかもな。

「……とりあえず、報告しなきゃだな」

今回の作品をウェブ上で応援してくれた方々に、お礼を伝えるメッセージを掲載する。この作品が本になって、さらには最終巻まで打ち切られず続巻できたのは、ひとえに応援してくれた読者のおかげだ。

マイページの活動報告を更新してしばらくすると、ピコンとメッセージが鳴った。

「あっ……」

メッセージを送ってくれた読者さんのハンドルネームを見て、思わず頬が緩む。

「ドロップさん……」

まったく無名の頃から、ずっと応援してくれている俺にとって少し特別な読者さんだ。

今回も長文のコメントを投稿してくれている。

『市野先生、いつも更新お疲れ様です。活動報告拝読しました。市野先生の甘々な義妹ラブコメが世に受けない、ましてやあの地味幼馴染モノに売り上げで負けるなんて正直理解できません。いつもツンツンしている義妹が、本当はお兄ちゃんのことが大好きなのに、素直になれない様は見ていてもどかしいし、その分、デレが出た時の破壊力たるや半端ないです。腹に風穴開くレベルで尊いです。地味な幼馴染に負けるはずがありません。現状でも完成度は高く、満足できる作品なのですが、私の好み的には、もう少し兄と義妹をラブラブさせてはどうでしょうか？　具体的には、ツンツンする義妹を限界まで甘やかせるお兄ちゃんが見たいです。お兄ちゃんに甘やかされて嬉しくない義妹はいないと思います。これは経験に裏打ちされた事実です。市野先生は一刻も早く、義妹をこれでもかと言うほど甘やかせるべきだと思います。甘やかせなさい。わかりましたね？　長々とコメント失礼しました。甘々な義妹ラブコメを楽しみにしています』

「相変わらずコメントなっがいなぁ……」

ドロップさんの長すぎるコメントに微笑ましさを覚えつつも、長文内にある一節を、俺は若干疑問に思う。

「お兄ちゃんに甘やかされて嬉しくない義妹はいないと思います。これは経験に裏打ちされた事実です……か……」

俺のリアル義妹、雫のことを思い浮かべる。俺の経験からすると、雫を甘やかしたりなんかしたら『は？　アンタ何様？　ウザすぎるんですけど、豆腐の角に頭ぶつけて死ねば？』と、こっぴどく言われる未来しか想像できない。

でも、創作と現実は違う。俺は現実での義妹に苦しめられているけれど、創作上での義妹もの、妹ものは大好物だ。創作上でのアドバイスと捉えるなら、ドロップさんのアドバイスは的を射ているだろう。

「はぁ～……次はもっとラブ要素多めで書いてみるかぁ～」

ため息と共にそう吐き出しつつ、俺は自室の扉を開いてリビングに向かう。

次の方向性が見えたとしても、売り上げで完全敗北したというショックが大きすぎて、今日は小説を書く気にはなれなかった。気分転換にリビングでだらだらと雑誌でも読みながらコーヒーでも飲もう。

そう思い、コーヒーを入れ、雑誌を手に取り、リビングのソファーにどかっと座った。

「……」

地方情報雑誌の当たり障りのない文章は、俺のまぶたを重くする。

今大人気のホルモンうどんの記事のあたりで、俺はついに睡魔に敗北し、深い眠りに落ちた。

＊　＊　＊

「ん……っ」

微睡みの中、意識が揺蕩《たゆた》う。

あ……そうか……寝落ちしちゃったんだな……。

いつもより体が重たい。学生生活の合間に小説を書き、先日最終巻が発売された。緊張の糸が解けると同時に、今まで溜まっていた疲れも解放されてしまったのだろう。上半身を起こせないほど、体は硬直していた。

せめて現在の時刻だけでも確認しようと、ゆっくりとまぶたを開ける。

「つ……！」

声にならない悲鳴をあげた。

薄く開けたまぶたから見えた、信じられない光景。

俺の下半身に馬乗りになった雫が、紐にくくりつけた五円玉をじっと見つめ、気難しい顔でうなっていたのだ。

「これで、成功するよね……？」

訳のわからない状況に、俺はすぐさままぶたを閉じて寝たフリを開始した。

下半身を押さえつける柔らかな感触。

俺は今、リビングのソファーで死ぬほど嫌われているはずの義妹に、寝ている隙に、のしかかられている。

まったくもって、意味がわからない。混沌ここに極まれりだ。

「……たしかはじめは、寝起きじゃないと催眠術にかからないんだったよね……」

しかも、その混沌を生み出している張本人は、催眠術とかいう物騒で非現実的な単語をぶつぶつと呟いている。

……マジでどうしよう。

これで俺が起きていることが雫にバレようものなら、おそらくだけど、羞恥に悶え怒り狂う彼女に物理的ダメージ（深刻）を与えられることは確実。

雫が何を考えているかはわからないけど、とにかく、彼女を刺激する行為は愚策。

俺は寝たフリに徹する！　嵐が過ぎるまで耐えてみせるぜ……！

それっぽい理由を並べつつ、寝たフリを決め込む俺。すると、パラパラと本をめくるような音が聞こえてくる。雫は何やら古びた本を読みながらうんうんとうなっていた。

「えーと、なになに……一度催眠術にかかった相手は、完全にアナタの言いなりです。アナタが裸になって町内一周しろと言えば喜んで行動にうつしますし、催眠術にかかっている間のことを忘れろと言えば、完全に忘れます。一番最初は寝起きの状態でなければかかりませんが、一度かけてしまえばそれ以降は寝起きでなくともかかります。忘れさせていた記憶を思い出させることも、また忘れさせることも、思いのままです。しかし、一度催眠術にかけるのを失敗してしまえば、以降対象者は催眠術にかからなくなりますので十分にお気をつけください。手軽に奴隷をつくりたいそこのアナタ、是非素敵な催眠術ライフを……か……なるほどね」

えっ……雫さん……？　何がなるほどね、なの？

その偏差値死ぬほど低そうな本どこからもってきたの？

…………………いやいや落ち着け俺。

雫はもう高校生だぞ？　俺と一個違いでもう今年で十七になる立派なＪＫだ。

そんな大人の階段を登りつつある彼女が、催眠術なんて胡散臭いものに手を出すと思うか？

答えは否。

眉目秀麗プラス成績優秀とかいうチート性能義妹だ。勉強ももちろんできるし、要領《ようりょう》もいい。

かかるともわからない催眠術をかけようとするなんてポンコツ系ヤンデレ義妹じゃあるまいし、賢い雫さんがそんなことするわけないのだ。あーあ、心配して損したぜ。

「ふぅ、催眠術さえかければこの鈍感クソ兄貴も終わりね」

いやめっちゃかける気マンマンで草。

「友達にも完璧に催眠術かけれたし、練習は十分にした。命令できる範囲、かけられる時間、記憶が消えるかどうか、すべて検証した」

いや準備万端で草。

「……ふぅー………それじゃあ、起こしましょうか」

ゆさゆさと俺の体を揺さぶる妹。ま、まずい！　このままじゃ催眠術をかけられかねない！

催眠術という眉唾《まゆつば》なものを完全に信じ切ったわけじゃないけど、得体のしれない何かに無防備な状態で身を晒すというのはとてつもない恐怖がともなう。

それに、雫が俺に催眠術をかけようとする理由。そこも気になる。

多感な男子高校生が抱く催眠術のイメージぱ、えっちなビデオや同人誌と相性がいい企画というくらい。

しかしながら雫が、あのパイルバンカー系義妹が、俺に対してえっちな要求をするために催眠術をかけようとしているとは考えにくい。

俺のことが大嫌いな雫が、俺に催眠術をかけようとする理由。

サルでも簡単に予想できるだろう。

雫は俺を社会的に殺すつもりなんだ……！

もし本当に催眠術がかかれば、ただ一言命令するだけで俺の人生は終了してしまう。

『大声で叫びながら裸になって町内一周しなさい』

冷ややかな声で、俺にそう命令する雫の顔が目に浮かんだ。いくら俺のことが嫌いだからって普通ここまでするか!?

ここは多少強引でも寝たフリを敢行するしかない！

「……もう、おなかいっぱい」

アニメキャラクター寝言ランキング第一位に君臨し続けているであろう王道なセリフを吐きつつ、寝返りをうとうとする。けれど。

「動くなクソ兄貴」

「えぐっ!?」

膝で脇腹の辺りをグリっとされて悶絶しそうになる。

そういやこいつ護身術だとか言って柔道習ってたんだった……っ！　死ぬほど痛ぇ……っ！

「まったく、これだけしても起きないなんて、本当に鈍感すぎて腹が立つ……」

細くて温かい何かが、まぶたにあたる。

「まぁ寝たままでもいいわ。視覚情報さえ脳に与えられれば催眠術はかけられるし」

雫は細くて綺麗な指で、俺のまぶたをゆっくり開けた。ここで不自然に目を閉じようとすれば、彼女に寝たフリがバレてしまう。俺は抗うこともせず、雫の暴挙を受け入れる。

ま、まぁ大丈夫だろ……！　実際催眠術なんてかかるわけないし……！　雫の友達だって、お遊びでかかったフリをしてあげていたに違いない……！　いやそうであってくれないと俺が社会的に抹殺されちゃう……！

「いい、この五円玉を見つめるのよ」

糸に吊るされ、ゆらゆら揺れる五円玉。いや古典的だなー……。それでも、何故かはわからないけど、自然と視線が吸い寄せられる。

「体の力が抜けてきて……アナタは私の言いなりになる……」

雫の声。鈴の音のような綺麗な声。その声は、不思議と俺の脳に染みてゆく。

「ふふっ、どうやら第一段階はクリアしたみたいね」

頭がぼーっとして、意識が朦朧としている。体を動かそうにもまったく動かない。

そんな……ありえない……っ！

本能でわかる。何か異常な力が、体内に入り込み、俺の意識を刈り取ろうとしている！

「えーと、ここから暗示をかければいいのよね……」

ダメだ……今この状態で、雫の言葉に抗える気がしない……っ。

「こ、こほん」

可愛らしい咳払いをして、義妹は、俺の瞳をじっと見つめる。

「いい？　クソ兄貴……い、いえ、お兄ちゃん」

何年ぶりだろう、雫にお兄ちゃんって呼ばれるの。

朦朧とした意識の中、俺はそんなどうでも良いことを考えていた。

艶やかな黒髪を耳にかけ、唇を小さな舌で濡らし、彼女は顔を真っ赤にしていた。

あぁ……俺の人生、これでおしまいか……。

雫の心の傷も癒せず、結局嫌われたままで終わってしまった。

俺がもっと、頼りになる兄貴だったら、彼女をここまで追い詰めることはなかっただろう。

幼い頃から一緒にいた雫との記憶が、脳内をフラッシュバックする。

彼女はいつもしかめっつらで、一日もかかさず俺のことを攻撃していた。

結局、一度も笑顔にしてやれなかった。

本当、お兄ちゃん失格だよな……。

ごめんな……雫……。

薄れゆく意識の中、雫の表情が、未だ色あせることなく、網膜に焼き付く。

雫は頬をリンゴのように真っ赤に染め、うるうるとした瞳で俺を見つめていた。

そして、ゆっくりと、口を開く。

この暗示で、俺の人生は本当の終わりを迎えるだろう。

せめて終わる瞬間は、自分の意識がないことを祈りつつ。俺は雫の言葉に耳を傾けた。

「お兄ちゃん、私のことを、これ以上ないくらい……だ、大好きになりなさい……っ！」

「へ……？」

瞬間。

体が、脳が、意識が、解放される。

感覚で理解した。

雫が俺に暗示をかけようとしたその時、催眠術は解除された。

なんらかの理由により、失敗に終わったのだ。

いやそれよりも……。


雫が、俺を……惚れさせようとした……？


まったくの意識外。まったくの予想外。そんな彼女のセリフに、俺は呆気に取られていた。

寝たフリをするのも忘れて。

「……クソ兄貴……催眠術、ちゃんとかかってるよね？」

驚きのあまりパッチリ目を開けてしまっている俺に対して、雫は不安そうにこちらを覗き込んでいる。

そうか、雫はこれまで催眠術に失敗したことがない。だから、かかってない場合の反応を知らないんだ。

今なら……催眠術にかかったフリをすることができる……。雫の暗示の意味を今はよくわからないけど……これだけはわかる。

俺は雫が左手にもっているものを、視界の端にとらえていた。

黒々とした大きな金槌《かなづち》……いつの間に本から持ち替えたのか。

もし催眠術がかからなかった場合、彼女は俺の記憶の消去（物理）を行う気なのだろう。

流石はパイルバンカー系義妹、その辺りのアイテムも抜かりないぜ……！

「質問に答えなさい……！　もしかかってなかったら、アンタを殺して私も死ぬから
……っ！」

雫の目は本気だった。

流石はパイルバンカー系義妹、ツンのレベルが他の属性と一線を画しているぜ……！

彼女の鋭い眼光に若干おどおどしながらも、俺は催眠術にかかったフリをする。

「お、おう。かかってるぞ……むにゃむにゃ」

いや催眠術かかったフリとかどうやってやるんだよ！　わっかんねぇよっ！

「ふーん、かかってるんだ……」

訝しげにこちらを見つめる義妹。俺は目をそらして苦笑いを浮かべることしかできなかった。

そんな俺に、雫は可愛らしく頬を染めながら、さらなる試練を課す。

「じゃあ、キスして」

「へ……？」

暗いリビング、柔らかいソファーの上。俺は雫の言葉の意味が、理解できなかった。

「キスしてって、言ってるの……！」

整った眉を吊り上げて、これでもかというほど耳を真っ赤にして、俺のことが嫌いすぎるはずの義妹は、キスをせがむ。いやまじで状況が理解できないんですけど……！

「ま、まさか催眠にかかってないの……？」

冷や汗をかきながら引きつった笑みを浮かべる俺を、じーっと見つめる雫。手には例の如く大きな金槌が握られていた。

「そ、そんなことないよ？　さ、サイミンカカッテルヨ？」

「……な、ならちゃんと私の言うこと聞きなさいよ！」

涙目になりながら俺の胸ぐらを掴み、左右にゆする義妹。

くそ……！　どうにかしてごまかさないと俺のファーストキスを義妹に捧げてしまうことになる……！　ラノベならともかく、現実《リアル》でそれはなかなかハードルが高いっ！

しかし！　この状況を打破する術を俺は知っている！

そう！　俺は曲がりなりにもラブコメラノベ作家だ！

鈍感系主人公でなければラブコメはすぐにハッピーエンドになって物語が終わってしまう。だからヒロインと主人公がくっつきそうになったらそれとなくフラグをへし折る鈍感セリフを主人公に言わせなければならないのだ！　いやあくまで俺の考えだけどね！

ともあれ、俺は鈍感フラグへし折り最低主人公を書けるということは、演じるということもできる……たぶん！

この催眠義妹のキスせがみシチュエーションとかいうエロ漫画も真っ青な展開だって回避し

てみせるぜ！

俺はラノベを書くことによって培われたフラグへし折り能力を解放し、催眠義妹に立ち向かった！

「あのぉ～お客様すいません～っ。今、冷蔵庫の中は空っぽでして～」

「いや魚の鱚《キス》じゃないから。ふざけてるの？　死ぬの？」

金槌を振り上げる雫。

「あーっ！　お客様困ります！　当店は金槌の持ち込みは禁止になっております……！

あーっ！　困ります！」

「このクソ兄貴……とんでもなく厄介な催眠術のかかり方してるわね……バイト先の記憶が引っ張られているのかしら……本当気持ち悪い」

必死の抵抗の末、なんとか金槌を下させることに成功した。でも、人として失ってはいけないものを失った気がする。

いやしかし！　これは好機！

雫は今俺をゴミを見るような目でにらんでいる！　千年の恋も冷める勢いでにらみ蔑《さげす》んでいる！

俺のことが大っ嫌いなはずの義妹が、何故キスをせがむのか理解に苦しむけど、とにかく！

キスだけは避けなければならない！

雫が俺のことをどう思っているかはわからないけど、俺にとって彼女はかけがえのない大切な妹。

その妹とファーストキスを交換し合うなんて高度なプレイはさしもの義妹属性好きの俺でもはばかられる展開なのだ！

「……おにいちゃん、キス、わかりません。ドーテーですから」

「……この愚兄は催眠にかかってても鈍感なのね……」

雫の目的と俺の目的の中間地点。催眠にかかってるけど若干失敗してしまった。そういうシチュエーションを目指すしかない！　そうすれば雫は俺の記憶を消して催眠を終わりにするはずだ……！

俺はめいっぱい催眠失敗顔（意味わからん）をつくって、ぽけーっとした具合で声をあげる。

「きす？　なにそれおいしいの？」

「何よその顔むかつくわねぶち殺されたいの？」

「あっ、すんません」

悪鬼羅刹《あっきらせつ》の如き表情を浮かべた雫の前では、俺のとぼけ演技などまったくの無力だった。

めっちゃ怖い。おしっこちびるかと思った。

「まったく……しょうがないわね……。キスっていうのは、その……恋人同士が……こう……あ、愛を確かめ合う、アレよ……」

心底恥ずかしそうに、俺の義妹はもじもじしながらそう言った。

催眠術をかけたと確信しているにもかかわらず、この恥ずかしがり方……さてはこの義妹、まだ覚悟を決めていないな……？

……ならば攻めるしかあるまい！

「キスって、具体的にどういう行為なんですか？」

「えっ……」

「ですから、キスってどういうキスなんですか？　いやー困るんですよねー。催眠術かけられてるこっちも具体的にどうすればいいのか言ってもらえないと、中々行動にうつせないんですよ。だってキスにも種類があるでしょ？　ほら、最近そういう理不尽なクレームとか多いじゃないですか？　だからそのあたりウチではキッチリ聞かせてもらってるってわけですよ〜。いや〜すみませんねぇ〜」

「あ、アンタ……本当に催眠術かかってるんでしょうね……！」

「えぇもちろん。かかりまくってますよ。これ以上ないくらいにね」

動揺する雫。開き直る俺。ソファー上での体勢も、お互いに見つめ合う形に戻る。

完全に主導権は握った……っ！

雫は言うまでもなくプライドが高い。この状況で『具体的に自分がどうやってキスされたいのか』なんて恥ずかしいこと彼女が言えるはずがないのだ。

さぁ！　恥ずかしくなって部屋から立ち去るがいい！

安心しろ！　ちゃんと忘れたフリはしてやるからな！

「そ……その……」

「ふえっ？　なんですかお客様？　声が小さくて聞こえませんよ？」

「あ……あの……っ！」

雫は、着ていたTシャツが破けるんじゃないかってくらい、裾を握って、そして悔しそうに、呟く。

「す、少し……強引に……ソファーに押し付ける感じで……そ、それで……『お前は俺の妹なんかじゃない、俺専用のメスだ』って言いながら……わ、私の両手を片手で拘束して……き、キスしなさい……っ！」

いやめっちゃ事細かにシチュエーション設定してきて草。

……いや草はやしてる場合じゃねぇわっ!!　なんだよ！　『お前は俺の妹なんかじゃない、俺専用のメスだ』って！

エロ同人誌迷言ボットに取り上げられるレベルで迷言なんだけど！　そんなセリフ恥ずかしくて言えるわけないだろ！

いや落ち着け……落ち着くんだ俺……！

思いの外雫がMだったこととか、セリフのセンスがダサすぎるだとか、いろいろ追及したい部分はあるけど、雫がシチュエーションを設定してきた以上、催眠術にかかっていると思われている俺はそれをやらなければいけない！　問題はそこだ！

ま、まままままずい……っ！

ドMな義妹にSっぽく、しかもクソダセェセリフを吐きながらキスするなんて恥ずかしすぎて死んでしまう！　とても正気じゃいられないっ……っ！

「……これでいいんでしょ！　早くしなさいよ！　この変態！」

いやお前にだけは言われたくねぇわ！

「しょ、少々お待ちください～」

「も、もう待てないっ！」

ガバッと、ソファーに仰向けに寝転がる雫。

Tシャツにホットパンツ、かなり際どい格好をした彼女は、柔らかそうなお腹と太ももを見せつつ、服従のポーズをとる。

「や、やはり兄妹でそういうアレは健全ではないのでは……」

「は？　やらないの？　まさか催眠術かかってないの？　もし素面ならアンタを殺して私も死ぬからね？」

「そ、そんなぁ～冗談ですよぉ～」

「ならはやくしなさい！」

終わった。詰んだ。催眠術にかけられた状態で、命令されたことをやらなければ死。命令を聞いても恥ずか死。

どちらをとっても死しかない。なんだこのクソゲー。

「…………」

物欲しそうに俺を見つめる雫。ちゃっかり右手には金槌を持っていた。利き手に持ち替えているあたり抜かりない。

「……っ！」

大きく深呼吸をして、覚悟を決めた。精神的な死と、物理的な死なら！

俺は精神的な死を選ぶっ！

「きゃっ！」

片手で雫の両手を掴み、雫の頭の上で固定する。

「こ、このケダモノ！　兄妹でなんて不健全よ！　や、やめなさいっ！」

いやお前がやれっていったんだろうが!!

「お……っ、お前は俺の妹なんかじゃない……俺専用の……め、メスだ……っ！」

うわぁああ死にてぇえええええええええ！！！

「か、かっこいい……」

お前のセンスまじでどうかしてるよッ！　このセリフのどこがかっこいいんだよ！

俺を見つめる雫。完全にスイッチが入っていた。

俺は覚悟を決めて、ゆっくりと顔を近づける。

「……お兄ちゃん……きて……」

瞳と唇を濡らし、整った顔を赤くして、雫は目を閉じる。少し汗ばんでいる彼女。例えようもない妖艶な香りがした。

そんなクラクラするような匂いにあてられてか、俺も半ば正気を失う。

今は亡き親父へ、俺の初めてのキスは妹でした。しかも催眠属性付きです。いろいろとごめんなさい。

濡れた唇が、触れそうになる。その瞬間。

ガチャリと、玄関を開く音が聞こえた。

「っ！」

光よりも早く俺の拘束を振り解き、ソファーに正座する妹。そしてほうける俺の顔面にアイアンクローをかまして。

「いい……!? 私が手を叩いた瞬間に、催眠中に起きた出来事はすべて忘れなさい……！　それと、また私が催眠をかけた時は最初の暗示通り、私のことをこれ以上ないくらい大好きなお兄ちゃんになること……！　わかったわね……！」

「わ、わかりました……っ！」

そう言って、パチンと可愛らしく手を叩く雫。

それと同時に、リビングに入ってきた母。

「ただいま～……って、アンタ達が一緒にソファーに座ってるなんて珍しいわね。何かあったの？」

「……」

無言で立ち上がる妹、どうしていいかわからない俺は、微妙なにやけ顔を浮かべていた。

「クソ兄貴、匂いうつったらどうすんのよ。本当きもい、マンホールに落ちて死ねば？」

「えっ……？」

先ほどとの落差に驚く。けれど、今の俺は非催眠状態。いつも通りの俺を演じなければならない……！

「……あ、あれ？　なんで俺ここにいるんだ……？」

俺のセリフを聞いた妹は、少し安心したような顔をして、リビングを後にする。

「あらあら今日も仲良しね」

母親のあながち間違っていないセリフに若干耳を痛めつつも、俺はとりあえず大きく息を吐く。

今日以降、どのタイミングで雫に催眠術をかけられるか予想もつかない……。

これから訪れるであろう受難の数々に胃を痛めながら、俺は甘い香りのするソファーに寝っ転がった。

## 2　毎日死ね死ね言ってくる義妹と、毎日好き好き言ってくる幼馴染が修羅場すぎるんですけど……！

教室の窓から覗く澄み切った青い空。

春の風に乗った桜の花びらが校庭を舞う。そんな爽やかな午後。

俺は机に突っ伏して頭を抱えていた。

「やべぇ～……マジでどうしよぉ～……っ」

俺が頭を抱えている理由。言わずもがな例の催眠義妹の件だ。兄のことを死ぬほど嫌っていた妹が、催眠術で俺を惚れさせようとした。

……いや、パワーワードすぎて脳の処理が追いつかねぇ……。

「まさかあの雫がなぁ……」

教室の隅《すみ》、窓際の席で一人読書にいそしむ雫。

俺の雫は義理の兄妹だけど、同じ高校二年生。早生まれ遅生まれの関係で、年齢がほぼ一年分離れているけど、学年は同じという具合だ。

そんな義妹は、おそらく……というか確実に、俺のことを異性として意識している。

それがいつからで、何がきっかけでそうなったのかわからないけど、ああいう催眠をかけようとするということは確実にそうなのだろう。あんな超がつくほどの美少女に好かれてうれしくないわけがないんだけど、問題なのは雫と俺の関係だ。

兄と妹。血が繋がらないとはいえ、この関係は揺るぎようのない事実。

「はぁ……」

昨晩あんなことがあったのに、妹は今日の朝も平常運転でパイルバンカー系義妹だった。

『ネクタイ曲がってるんですけど、自分で身嗜《みだしな》みも整えられないの？　ほんとキモすぎ』

侮蔑《ぶべつ》の視線で俺をにらみつけながら、玄関で俺のネクタイを絞め殺す勢いで整え、罵倒し、そうして早足で学校に向かった。

そして現在、何食わぬ顔で本を読んでいる。

「……アイツ、一体どんなジャンルの本読んでんだろうな」

雫を眺めていると、ふとそんなことを思う。こんな俺でも一応ラノベ作家、人並み以上に読書はしているつもりだ。

彼女が読んでいる本は文庫本サイズで、書店で買った時についてくる無機質なブックカバーをかけていた。普通なら雫の見た目や雰囲気的に、純文学や恋愛小説的なのを嗜《たしな》んでいそうだけど……。

「人は見た目によらないからなぁ」

毎日死ね死ね言ってくる義妹が、俺が寝ている隙に催眠術をかけようとしてくるように、人は見た目によらないのだ。

「あっくん、今日も目が死んでるね」

　これから待ち受ける受難に胃をキリキリさせていると、今日もぽわぽわした空気を醸《かも》し出して教室をなごませている空気清浄機系幼馴染、りんこが話しかけてきた。

「……余計なお世話だ」

「余計でもお世話します。だって私、結構あっくんのこと好きだし」

「はいはいありがとねー」

　いつものやりとりを終えて、彼女は俺に顔を近づけて耳打ちする。

「さてはまた雫ちゃんと何かあったんでしょ」

「……何もねーよ」

「ふーん、あったんだ。それも結構大きいイベントが」

　この頭弱そうなゆるふわ幼馴染は意外にも勉強ができたりびっくりするほど勘が鋭かったりするので困る。

「な、なんで決めつけるんだよ！　なかったたって言ってるだろ！」

「あっくん、嘘つく時いつも目をそらすよね。ついでに鼻もかく癖あるし」

「っ！」

　流石は幼馴染……！　俺でさえ知らないような癖を完璧に把握してやがる……！

「なんて……冗談だけどね。でもその反応を見る限り、あながち間違いじゃなかったのかも？」

「なっ！　カマかけやがったな！」

「こんどは何があったの？　つらい？　ひざまくらしてあげようか？」

「お前は俺のお母さんか」

「お母さんっていうよりお姉さん系彼女のつもりだったんだけど、どうだった？」

「八十五点」

「なかなか高いね」

「ひざまくらはえっちだからな」

いつもどおりのしょーもないやりとりをしていると、背後から鋭い視線を感じる。

何の気なしに振り向くと。

「ひっ！」

雫が人を突き殺す勢いで俺をにらんでいた。心なしか体のどこかに穴が開いた気がする。

……………この痛みは多分胃だな。

「うわー、すっごいにらんでるね」

バジリスクでさえ裸足で逃げ出すほどの雫の眼光を見ても、俺の幼馴染は缶ジュースをくぴくぴと可愛らしく飲んで呑気にかまえている。

「お、おい……！　聞こえたらどうすんだ……！　死人がでるぞ……！」

「へぇー、誰？」

「俺だよ！」

教室中に響き渡る俺の声。その少し後に、ガタリと椅子が倒れる音が聞こえた。

「あーあ、雫ちゃんすっごい顔してこっちにきてるよ」

「ひぃぃっ！　なんでぇっ!?」

「あっくんが大きい声だしたからだよ」

「そんな理不尽なぁっ！」

俺とりんこがわちゃわちゃしていると、体から発する冷たいオーラによって教室の温度を二度ほどさげた雫が詰め寄ってきた。

「よ、よう雫、俺に何か用か……？」

「愚兄、ちょっとこっちに来なさい」

「いやお兄ちゃんつぎの授業の準備あるし……」

「は？」

「あっ、ごめんなさいすぐ行きます」

俺の妹はきっと覇王色に目覚めている。だってたった一言で気を失いかけたもん。

「雫ちゃん、それはちょっと強引じゃないかな？」

雫を刺激しないように優しい声音でりんこはそう言った。見せつけるような、大人な対応。流石のパイルバンカー系義妹の雫でも、ここまで下手に出ているりんこに対して、重たい一発を喰らわせることはないだろう。

「……あぁアンタいたの？　地味すぎて気付かなかった」

やっぱりダメかぁ〜。重たいの入れちゃったかぁ〜。

しかし。雫の重たい一撃を食らってもなお、りんこは表情を崩さずニコニコ笑っていた。

流石は空気清浄機系幼馴染だぜ！　こんなに重たい空気でも笑顔ひとつでマイルドにしてくれる！

おそらくりんこは次の一言で場を上手くとりまとめるだろう。

いつものほほんとしてるけど、こういう時りんこは一番頼りになるのだ！

「さっき死ぬほどにらんでたのによく言うね。大好きなお兄ちゃんがとられたのがそんなに嫌だった？」

おっと、今日の空気清浄機系幼馴染はどうやら故障しているようだ。

怒りの炎を滾《たぎ》らせる義妹を、満面の笑みで煽《あお》り（引火性）やがった。

「は？　こんなの別にどうでもいいんですけど？　意識したことなんて一度たりともないんですけど？」

雫は嫌悪のオーラをこれでもかというほどまき散らす。

昨日俺に催眠術をかけてキスを要求してきた義妹だとは思えない。

「どうでもいい男のために雫ちゃんはずいぶんと頑張るね。あっくんが優しくした女の子、次の日からみーんなあっくんと関わろうとしなくなったのそれって偶然なのかな？」

えっ……？　それ何か理由があるの……？　俺シンプルに女子に嫌われてると思ってたんだけど……。

「……クソ地味女、いつも通り空気に徹《てっ》してろ」

「……雫ちゃんはもう少し大人になったほうがいいね。心も……あ、あと胸もだね！」

「…………豚」

「…………洗濯板」

こちら市ヶ谷、現在美坂《みさか》高校二年C組の教室で義妹バーサス幼馴染の戦闘が勃発。被害は甚大、私の胃に大きめの穴が二つ、そして教室の空気が終わっています。至急増援をよろしくお願いします。だ、だにぃ!? その場で待機だとぉっ!? この空気を味わっていないから貴方達はそんなことが言えるんだ！ 事件は会議室で起きてるんじゃない！ 現場で起きてるんだぞぉっ！

そんなしょうもない寸劇を、心の中で繰り広げてしまうくらいには俺は取り乱していた。できることなら今すぐこの場から立ち去りたい。

「ふんっ、まぁいいわ。アンタがいきがれるのも今日までよ。……ほら、行くわよ愚兄」

「へぶっ！」

意味深な笑み、そして捨て台詞を吐きながら、雫は妄想に逃避する俺のネクタイを引っ張りつつ教室を出る。俺は伝わるかどうかわからないけれど、視線で精一杯りんこに謝った。

「……またね、あっくん」

りんこもまた、雫と同様に意味深な笑みを浮かべていた。

＊　＊　＊

屋上前、階段の踊り場。

ジメジメしていて空気が埃っぽい。

俺は雫にネクタイを引かれるまま階段を上り、鍵がかかった屋上への扉の前に拉致されていた。

「おい雫、いくらなんでもあの対応はないだろ」

俺はなけなしの兄の威厳を振り絞り、妹に説教する。

しかし妹は、俺の言葉など全く意に介さず、ブレザーのポケットをガサゴソとまさぐっていた。

ま……まさか……っ！

「この五円玉を見なさい」

雫は俺の予想通り、催眠術をかけるアイテム、紐のついた五円玉を取り出した。そして、慣れた手つきで俺の胸ぐらをがっしり掴む。

「いい、この五円玉を見つめるのよ。目をそらしたらグーだから」

五円玉に結んだ糸をギュッと握ってグーをつくる義妹。みぞおちにグーをえぐりこまれるのは望むところではない。けれど、学校で雫に催眠術をかけられるのはリスクが高過ぎる。何を命令されるかわからない。社会的に死ぬ前に、どうにかして回避しなければ……っ！

「……雫、悪いけど俺トイレ行きたくてさぁ。正直あと十秒もしたら漏れるレベル。だからちょっとここで待っててくれない？」

生理現象を言い訳にしてお茶を濁す大作戦を俺は敢行する。流石の雫も、トイレを我慢しろという非人道的なわがままは言わないだろう。もちろんトイレに行った後、ここには戻らない。そのままフェードアウトする算段だ。家に帰った時が死ぬほど怖いけど、学校で催眠術をかけられるよりはマシなはず。

しかし。

「嘘ね」

雫は秒で俺の嘘を看破《かんぱ》する。

「う、嘘じゃないって……！」

「嘘じゃないなら、なんで目をそらすの？」

「うっ！」

「アンタ、嘘つく時いつも目をそらすわよね。ついでに鼻もかく癖あるし」

「な、何故それをッ！」

「その反応、やっぱり嘘をついていたのね」

「なっ！　カマかけやがったな！」

幼馴染と同様に、義妹も同じ手法で俺の虚言を見抜いた。死ぬほど仲が悪いくせしてこういうところだけは似ている。まったくもって理不尽極まりない。

「ほら、いいなら見なさいよっ！」

「ほがっ！」

雫お得意のアイアンクローを決められて、俺は揺れる五円玉を見せられる。ゆらゆら揺れる五円玉。しかし、俺にもう催眠術は効かない。

昨晩、何故かはわからないけれど『私のことをこれ以上ないくらい大好きになりなさい』という雫の暗示が失敗に終わったからだ。おそらく、催眠術をかけるための何かしらのルールに抵触《ていしょく》してしまったからだろう。

昨晩、雫が呟いていたルール通りなら、一度失敗すれば催眠術は二度と効かなくなる。

「体の力が抜けてきて……貴方は私の言いなりになる……妹が一番大好きなお兄ちゃんになる……」

雫の暗示が始まるが、昨日のように意識が朦朧《もうろう》としたりはしない。

……やはり俺には催眠術に耐性ができているようだ。

「これで第一段階は終了……ふふっ……次は命令ね……」

でも、問題なのは催眠術にかからないことじゃない。正気を保ったまま、義妹の催眠術にかかったフリをしなければいけないということなのだ……！　雫は俺の拘束を解き、妖艶な笑みを浮かべて、じりじりとにじり寄ってくる。

「っ！」

背中が壁についた。雫の細くて柔らかそうな脚が、俺の股の間に差し込まれる。これじゃ身動きがとれない……！

「それじゃあ最初は……」

耳元で、吐息まじりに暗示をかけようとする義妹。

え、えろい……っ！　その色っぽい声に思わず息子が反応しそうになった。だ、だめだ！　雫は大切な妹だぞ！

俺は正気を取り戻すため、今現在の感情と対極の感情を発生させるであろう禁断の肢体《したい》を想像する。そう、母親の裸だ。

「うぉえっ……っ！」

「ど、どうしたの？　大丈夫？」

「……お、おう、なんでもない……」

あまりの不快感に意識が消し飛びそうになったが、妹に抱いていたえっちな気持ちは吹き飛んだ。

ありがとう母さん。母さんはいつも俺を助けてくれるね。それとついでなんだけど、その年でTバックは流石に無理があるのではくのをやめてほしい。洗濯を担当する息子の気持ちを少しは考えなさい。

「なら、催眠を続けるわよ……」

雫は脚を俺の股の間に滑らせ、次に両手で肩をギュッと拘束し、最後に耳元に口をあててこう呟く。

「わ、私に壁ドンしなさい……」

「えっ……？」

「ちょっと乱暴に壁ドンしろって言ってるの……！　……セリフは『あんな地味な女より、お前みたいな刺激的な女のほうが俺は好きだ。食べちゃいたいくらいにな』よ……！」

で、でたー！　雫のくっそ恥ずかしいシチュエーション指定ーっ！　しかも今回も例に漏れずドM指定！　お兄ちゃんもうどうしていいかわっかんねぇよっ！

「ほ、ほら……今回は初めからちゃんと説明したでしょ……だ、だから早くしなさい……！」

少し涙目になりながら、おねだりする義妹。俺に催眠術をかけた途端、すこし気弱になるのはドMの仕様なのか……？

人生二度目の催眠術かかったフリ、それと義妹の痛すぎるセリフにしどろもどろしていると、雫の膝が俺の股間をそっと撫でる。

「催眠術、ちゃんとかかってるわよね……？」

ゾッとした。血の気が引いた。脂汗がじっとりと、額ににじむ。雫の膝が、少しでも上がれば、俺の息子にあたる。男性諸君は知っていると思うが、女の子は息子に対する攻撃に関しての加減を知らない。理由は簡単、女の子には息子がないからだ。

いくらうちの傍若無人義妹でも、俺に暴力を振るうときはある程度加減している。まぁ普通に痛いけど……。

そのある程度加減された力だとしても、息子に膝蹴りされたら、確実に死ぬ。泡を吹いて死ぬ。

息子を人質にとられた今、選択肢は義妹の催眠にかかったフリをするという一択にしぼられた。

「おい雫」

強引に雫の拘束を解いて、彼女と体を反転させた。

「きゃっ！」

そして、勢いよく右手を壁に叩きつける。

「あんな地味な女より、お前みたいな刺激的な女のほうが俺は好きだ。食べちゃいたいくらいにな」

うわぁぁぁあああ!!　死にてぇぇぇえええええ!!

まごうことなき壁ドン。俺はそれを、義妹にしてしまった。しかもくっそ恥ずかしいセリフ付きで。

しかしながら、息子のためを思い一切妥協のない演技をした。これで雫も満足するだろう
……っ！

「……そ、そんな、私達は兄妹よ……！　こんなのダメに決まってる……！」

いやこの茶番を継続するんかーい！

あとお前が指定したシチュエーションなのになんでいつも乗り気じゃない雰囲気を装うんだよ！　どんだけ強引に迫られたいんだよ！　首筋に玉のような汗を浮かべ、雫はトロンとした瞳で俺を見つめる。

依然、息子は雫の膝蹴りの射程範囲。ここは流れに乗るしかない……っ！

喉を鳴らして、なるべく低い声をつくる。

「兄妹の関係なんて、今はどうだっていいだろ？　ここには俺とお前しかいない、二匹のオスとメスしかいないんだ」

うわぁぁぁあああ!!　なぁぁにが二匹のオスとメスだよぉおおおお!!　くそがああ!!　恥ずかしすぎる死にてぇぇぇええええええ!!

女性読者が好きそうなセリフを、ラブコメ作家脳をフル活用して紡ぎ出した代償《だいしょう》に、俺は心に黒歴史という名の深刻なダメージを残した。いや待てよ……！

むしろこんな作り物っぽいダッサイセリフじゃ雫に演技だと見破られるんじゃないのか!?

まずいミスった！　流石の雫も、こんなセリフで喜ぶほど脳内お花畑じゃないはずだ!!

慌てて雫の様子を窺う。

「お……おにぃちゃん……いっぱいすきぃ……」

妹がセンスなくてよかったぁぁぁあああ!!　いやめちゃくちゃ刺さってたわぁぁぁっ!!　これ以上ないくらいトキめいてたわぁぁぁっ!!

ぽふんと、俺の胸に飛び込む雫。

「わたし……やっぱりお兄ちゃんをとられたくない……。あんな地味女なんかに、渡したくない……っ！」

「……っ！」

地味女って、りんこのことだよな？

アイツとはただの友達だし、別にとられるとか、そういうのないと思うけど……。

そんな俺の思いとは裏腹に、催眠かけて安心しきっている脳内甘々義妹は、とんでもない命令を出す。

「……今日の放課後、あの地味子を呼び出して、それで私のことが大好きって告白してきて」

「……は？」

「あの勘違い幼馴染に現実を教えてあげるのよ。できるわよね……？　安心して、私もこっそり見に行くから」

俺の股間の先には、雫の小さくて硬そうな膝。

そのまま振り上げられれば間違いなく俺の息子は一生未使用で生涯を終えるだろう。

「も、もちろんさ、可愛い妹のためだからな……」

「……やっ、やった！　……あっ！　べ、別に当然よね！　ほんとアンタは私のことが好きすぎるんだから！　まったくこのシスコンにも困ったものだわ！」

俺の返答に一瞬デレつつも、すぐさま自分の属性を思い出したのかツンツンし始める雫。

そんな可愛いらしい彼女の反応を視界の端に捉えつつ、俺は人生初の修羅場というやつに胃を痛めまくっていた。

＊　＊　＊

少し陽が傾いた放課後。

俺はりんこを誘って、一度家に帰り、少しお値段が高めでオシャレな喫茶店に来ていた。

香ばしい珈琲の香りと、古書の香りが入り混じる素敵な空間だ。

「なんかお前、いつもと雰囲気ちがうな」

「えへへ、可愛いでしょ？」

「たしかに可愛い」

「何点？」

「九十二点」

「結構高得点だね」

「ロングスカートはえっちだからな」

今日の幼馴染は、いつもと雰囲気が違う。

チェック柄のシャツに黒のロングスカート、少し地味なファッションだけど、喫茶店の落ち着いた感じと上手くマッチしていて、さながら良いところのお嬢様のような出立ちだった。

そんな気合いの入ったりんこは、柔らかな笑みを浮かべながら苦そうなブラックコーヒーをこくこくと飲んでいる。

「あっくんが誘ってくれるなんて何年ぶり？　嬉しいなぁ〜」

「年も経たないだろ」

「いーや、年経ってるよ。だってこの前デートしたの一昨年の冬だよ？　さみしかったなぁ」

「デートって言うな……てか毎日欠かさず顔合わせてるし」

「毎日欠かさず顔合わせてても、女の子は特別扱いされたい日もあるの」

「ふーん、そんなもんか」

「そんなものなの」

可愛らしい笑みを浮かべながら、りんこは俺の頬に手を伸ばす。

「ほら、トーストのバターついてるよ」

「ちょっ！　自分でとれるって……！」

りんこは俺の口元についたバターを小指でとって、ペロリと舐めた。

「ふふっ、あっくんは私がいないとダメだなぁ〜」

「べ、別に気付いてたし！　自分でもとれてたし！」

「はいはいツンデレかわいいね」

いつも通り俺をからかって楽しむ幼馴染。やっぱり落ち着くなぁ〜。

彼女の独特な雰囲気に絆《ほだ》されていると、被っているニット帽の下、右耳につけたイヤホンから低い声が聞こえる。

『何してんの？』

底冷えするような雫の声。

「っ……！」

忘れていた……！　今日はりんことのデートじゃない……！

十年以上付き合いのある幼馴染に『俺、お前より妹のほうが好きなんだ』と告白しなければいけないイベントの真っ最中だった……！

義妹の催眠にかかったフリをしつつ、幼馴染に妹が好きだと告白する。誤魔化しは効かない。なぜなら雫は、遠い後ろの席で俺達を監視しているからだ。しかも、スピーカーモードにしてスマホで通話を繋げているから、会話まで雫に丸聞こえ。何から何まで詰んでいる……！

『怪しまれないようある程度演技しろとは言ったけど、あくまである程度よ。そこまでいちゃつく必要あるわけ？　アンタ今催眠かかってて私のこと大好きなんでしょ？　ならなんでそんな地味女と楽しそうに話してんの？　死ぬの？』

ブチ切れかまして饒舌《じょうぜつ》になる俺の妹。

なんとかなだめないと義妹がこの場に乱入してきてリアルファイトに発展しかねない……！

「り、りんこ、ちょっと目をつむっててくれ。あとついでに耳も塞いでくれるとありがたい……！」

「別にいいけど、どうして？」

「えっ、あっ、あの……そのですね……」

「……ふーん。まぁいいよ。はいつむった、耳も塞いだよー」

「ありがてぇっ……！」

こういう時、りんこは理由も聞かずに俺の必死加減を察してくれて気を使ってくれる。

俺になんかもったいないほど、気が使えて優しい幼馴染だ。

『雫……聞こえるか……！』

イヤホンのマイクに小声で話しかける。

『何よ』

心が痛むけど、雫とりんこの仲をこれ以上悪くするわけにはいかない。

『いいか、今のはお前の言う通り演技だ。俺はお前のことが大好きだからな。ちゃんと命令通り、りんこにそう伝える。だからりんこに直接攻撃《ダイレクトアタック》するのだけは我慢してくれよ……！』

大好きという単語を聞いた途端、雫の声が少しうわずる。

『はぁ!?　こんな人目のある場所でアンタ何口走ってんの!?　ま、まままぁ当然よね……！　クソ兄貴が私のことが大好きなことくらいわかってたわよ……！　ちょっと聞いてみただけ！　とにかく、早くしなさい！　もうこれ以上は待てないからね！』

『わかった』

雫との連絡をとり終わった後、俺はすぐさまイヤホンを外す。

「ごめんりんこ、もういいぞ」

肩を軽く叩くと、りんこはニヤリと意味深な笑みを浮かべて、オシャレなバッグからメモ帳を取り出し何か書き出す。

『もしかして、雫ちゃん？』

息が止まる。驚きのあまりりんこを見つめると、俺の表情を見て確信したのか、またニヤリと笑った。

そのままスラスラとメモを書く。

『あっくんがニット帽かぶるなんて珍しいと思ったんだよね。イヤホン、少しだけ見えてるよ。電話、スピーカーで繋げてるんでしょ?』

幼馴染の推理力に素直に驚愕した。

りんこは昔からそうだ。

のほほんとしていても、本当は誰よりも賢くて、大人が頭を抱えて悩むこともすんなり正解を導き出してしまう。俺の一瞬の表情、チラリと見えたイヤホン、そして今日のデートの誘い。それらすべての細かな情報を統合して、りんこは雫が何やら糸を引いていると見抜いたのだ。

何から何までお見通し。口から言葉を紡がなくとも、りんこの瞳はそう言っていた。

俺は彼女からボールペンをかりて、うまく雫の視線をきってメモに走り書きする。

『ごめん。雫見てる』

するとりんこはまたもや可愛らしい笑みを浮かべて、ゆっくり呟く。

「だと思った」

俺の幼馴染はエスパーなのかもしれない。本気でそう疑ってしまうほど、りんこの推理、勘は鋭かった。

『今は雫ちゃんのおままごとに付き合ってあげるから、後でちゃんと電話で何が起きてるのか教えてね?』

走り書きにもかかわらず綺麗な字。俺はその書き文字にうんとうなずいて、重たい口を開く。

「その……りんこ、話があるんだけど……」

「あっくんが相談なんて珍しいね。何かあったの？」

何食わぬ顔で、りんこは返す。演技しているような雰囲気は一切感じない。俺はほわほわした幼馴染の意外すぎる器用さに安堵する。これなら俺が『お前よりも妹のほうが好き』と告白しても、りんこはこの言葉の意図、雫が何をしたいかを察して、適切な対応をとってくれるだろう。

「その……あの……」

「ふふっ、なんでも相談してよ。私、あっくんのことならなんでもわかるんだから」

りんこの瞳を見つめる。どんなセリフ、状況でも、完璧に対応して、その上をいく。

頼りになりすぎる幼馴染の瞳は、そう語っているような気がした。

これから俺がりんこに告げるセリフは、俺の人生史上最も威力の高い爆弾発言。

でも、賢すぎる幼馴染なら催眠術という要素までは見抜けなくても、今の行動はなんらかの制約により雫に強制されている行動。と、導き出してくれるはず。

そして、雫も俺もりんこも全員が傷つかずに丸くおさまる最適解を出してくれる……！

十年以上付き合いのある幼馴染に、意を決して、俺は告げた。

「実は、妹が好きなんだ」

「…………………へっ？」

「りんこ、俺はお前より、雫のほうが好きなんだ！」

イヤホンについているマイクに確実に音声が入るよう、少し大きめな声でそう言った。

普段なら、俺は絶対にこんなセリフは言わない。

言わずもがな雫に催眠術という名の強制命令を下されているからだ。

筆談で情報は送った。お前ならたやすく今の状況を理解できるはずだ……！

頼んだぞ……りんこ……！　俺は半ば勝利を確信して、りんこのほうへ視線をおくる。

「へ、へぇ、そ、そそそそ、そうなんだ、わ、私より義妹を選ぶんだぁ～……うぅっ……！」

ちょっとまってめちゃくちゃ動揺してるんですけどっっ!!

りんこは涙目になりながら、コーヒーに角砂糖をぼたぼたと投入していた。酸味と苦みが絶妙なバランスで保たれている一級品のコーヒーは、大量の砂糖でしゃびしゃびになっていた。

りんこ……！　さっきの理知溢れる自信満々なオーラはどこにいったんだ……!?　すべて手のひらの上だって感じの堂々とした振る舞いはどこにいったんだ……!?

もしかしたら、俺のセリフにあの賢いりんこが冷静さを失ってしまうくらいの何かがあったのかもしれない！　普通に考えれば、仲の良い幼馴染が突然シスコン宣言すればショックを受けるに決まっている。何度も言うように、雫は大切な家族だけど異性としてどうこうしたいという気持ちはない！　……たぶん！

「あっくんは……やっぱり幼馴染より義妹を選ぶんだ……」

「い、いや、落ち着けりんこ！　とりあえずコーヒーに砂糖を入れるのやめような！　コーヒーしゃびしゃびになってるから！」

「落ち着いていられないよ！　あっくんの変態！　シスコン！　ラノベ主人公！」

まずい……！　俺の幼馴染は完全に我を忘れている……！

「おいりんこ！　今言ったことは！」

りんこを諭そうとした途端、イヤホンから『は？』と冷たい声が聞こえた。

くっそぉ～通話繋げてるんだったぁ～っ！

雫の視線を切り、うまく体を動かしつつ、りんこのメモにボールペンを走らせる。

『りんこ落ち着け！　俺は雫にさっきのセリフを言わされているんだ！』

涙目になっていた幼馴染は、俺が書いた汚いメモを見つめる。

『ほんと？』

走り書きだけど、相変わらず綺麗な字。俺はその文字に、首を小さく縦に振って答えた。

するとりんこは、涙を拭き、大きく深呼吸をして、椅子に座り直す。

「そういうこと言わせられるまでの状況をつくったんだね。……少しびっくりしちゃった」

聞き取れるかどうかの、本当に小さな声。

「えっ……？」

一瞬見せたりんこの表情は、今まで見たことないくらい鋭く、そして冷たかった。

「ねぇあっくん」

「ど、どうしたりんこ」

「あっくんって、本当に雫ちゃんのことが好きなの？」

「……も、もちろんだぜ！　俺は妹を愛しているからな！」

雫に聞かれている手前、俺はそう答えるしかない。

背後から「ふにゃぁ〜っ！」と、猫がマタタビに酔ったような声が聞こえたけど今は聞こえないフリをしておこう。

「一体どんな魔法を使ったんだろうね、羨ましいなぁ」

「魔法……？」

「ううん、こっちの話」

「そ、そうか……」

甘すぎるはずのコーヒーを顔色変えず飲みつつ、幼馴染は鋭い視線をこちらに向けて、呟く。

「そーかそーか。ここまで進展させられちゃったか。なら、こうして牽制し合っている意味もないね」

ガタリと音を立てて立ち上がるりんこ。

「お、おい！　どこ行くんだよ！」

「聞きにいくの。勝ち目なしのツンデレ義妹が、どんな魔法を使ったのかを」

りんこが向かう先は、パーカーのフードを深くかぶり、こちらの様子を窺っていた俺の妹。

雫のもとだった。

「こんにちは、雫ちゃん。こんなところで会うなんて奇遇だね」

「つ……！」

会合してしまう幼馴染と義妹。

「なんで私がここにいるってわかったの……？」

「あれ？　まさかそんなわかりやすい場所にいて、尾行に成功したと思ってたの？　雫ちゃん、相変わらず頭弱くてかわいいね」

雫を煽《あお》るりんこ。彼女の声音は優しいものだったけれど、彼女の纏《まと》う雰囲気は、俺でも感じたことがないくらい怒気を孕《はら》んだものだった。

「……地味女。アンタがいくらイキがろうと、もうお兄ちゃんは私のモノなの。わかったでしょ？　さっさと消えなさい！」

負けじと応戦する雫だが、若干気圧《けお》されている。やはり尾行がバレていたのがショックだったのだろう。その反応を見てか、りんこはさらに続ける。

「ねぇ雫ちゃん」

「……」

「あっくんの気持ちって本物？」

「……っ！」

核心を突く一言に、雫の表情があからさまに歪む。

「その反応、やっぱり無理やりなんだね。どんな魔法を使ったのかは知らないけど、素直になれないからって無理やりは良くないよ？」

「……アンタに何がわかるのよ……私の何がわかるのよ……っ！」

攻めるりんこに、狼狽《うろたえ》る雫。雫のセリフに、俺は心当たりがあった。遠い過去、同じようなセリフを彼女は言ったことがあったのだ。それでも俺は催眠術をかけられている手前、どうしていいかわからず、ただ見ていることしかできなかった。

「わからないよ。自分の想いも伝えられない卑怯者の考えなんて」

今、確実にりんこは怒っている。終始優しかった声音は、冷たく平坦になる。

「まぁいいんじゃない、一生偽物で満足してれば。けどそのやり方じゃ必ずいつか破綻《はたん》する。破綻して、何もかもが壊れたとき、はたしてあっくんの側にいるのはアナタと私、一体どっちかな？　……結果が楽しみだね」

綺麗な笑顔。けれどその裏側には、猛毒が仕込んである。嘘を殺す、猛毒が。

人の善の心に付け込み、訴え、そして自壊させる。そんな猛毒が。

「偽物なんかじゃない……」

「偽物だよ。まごうことなき欺瞞《ぎまん》。醜い嘘だと言ってもいいね」

「っ……！」

「ごめんねひどい言い方して。でも私も怒ってるんだよ。大事なものを傷つけられたんだから。プライドを傷つけられたんだから。雫ちゃんだって、私と同じ立場ならきっとそうするよね？」

反論できない。できるはずもない。りんこは的確にえぐる。雫の急所を。

「……クソ兄貴、こっちに来なさい」

猛毒に冒された俺の妹は、下をうつむいたまま、俺に命令した。

「行ってあげなよあっくん。何かはわからないけど、そういうルールなんでしょ？」

すべてを悟ったように、りんこは俺の移動をうながす。どの道、催眠術にかかったフリをしている俺は、雫の言葉に抗えない。命令通り、雫の側に向かう。

「……どうした、雫……？」

肩を震わせる妹は、俺の肩を引き寄せ、耳元で呟く。

「どうせ忘れるだろうけど、一応、謝っとくね。……ごめんなさい」

目尻に涙を溜めて、瞳の奥が黒く染まっている。

世界一美しい人形だと言われても、全く疑わず信じてしまうくらいに整った顔立ち。

そこにはめられている宝石のような瞳を見つめていると、唇に、何やら柔らかな感触が伝わった。

「何やってんの……っ!?」

りんこの怒気をはらんだ声に、すぐさま冷静になる。

俺の視界に映るのは。

閉じられた瞳。長い睫毛。赤く染まる頬。

「っ！」

重なる唇。湿り気を帯びた瞳。

義妹とのファーストキスは、レモンティーの香りがした。

「ちょっと離れてよっ!!」

いつも落ち着いているはずの幼馴染の怒号に、すぐさま我に返る。

「し、雫!? 何やってんだよ……っ！」

肩を掴み、引き離す。キス……してしまった……！ 血がつながらないとはいえ、妹と……っ！

罪悪感と、初めてのキスに昂る気持ちが相反《あいはん》して、さながら沸騰した油に水を入れたように感情が暴れ狂う。

とにかく、俺の脳味噌はパニックを起こしていた。

ど、どうしよう！ この一線だけは越えないようにしていたのに……っ！ 油断していた！

兄貴失格だ……！

キスとはいえ、そういう恋人同士の行為が許されれば、雫のタガは一気に外れる。

今後行われる命令は一気に過激になり、そういった肉体的接触が増えてしまうだろう。

「……っ！」

柔らかそうな唇から、ほっ、と漏れ出る吐息がたまらなく艶《なまめ》かしい。

俺に強引にキスをした妹は、とろんとした瞳に涙を浮かべながら、怒っているような笑っているような、よくわからない表情をしていた。

「私はズルくて情けなくて、弱い……そんなことわかってる。でも……それでも……」

雫は再度俺の肩を掴み、胸にひしりと抱きつく。

「お兄ちゃんだけは、絶対に渡さない……っ！」

涙が乾くほど頰を赤く染めて、りんこをまるで親の仇のようににらみつける妹。

あれだけ俺のことを嫌っていたはずの雫が、催眠術という半ば犯罪スレスレなすべを使ってまで俺を手に入れようとする理由。その理由はまだわからないけど……

俺は、嬉しかった。

今まで、嫌がる雫に俺は散々お節介を焼いた。

両親を早くに失い、憔悴しきっていた彼女をなんとか元気付けたいと思ってのお節介。

しかし、そんな行動は雫にとって余計なお世話でしかなく、彼女の俺を邪険にする態度を見て、俺の存在なんて彼女にとって家族でもなんでもないちっぽけで無価値な存在なんだなと、つい最近まで本気でそう思っていた。しかし、現実は違った。毎日死ね死ね言ってくる義妹は、催眠術に頼ってまで本音を打ち明けようとするくらい、俺のことを想ってくれていたのだ。家族として、兄として、これほど嬉しいことはない。

「渡さない……？　ふざけないで……！　雫ちゃんがどれだけあっくんを傷つけたと思ってるの!?　毎日毎日酷い罵声を浴びせたよね!?　それなのにいまさら気が変わってあっくんを好きにする!?　わがままなのも大概《たいがい》にしてよ！」

熱くなるりんこ。それに対して雫は、泣きそうになりながらも、冷静に淡々と返答する。

「……地味女、アンタがどれだけ賢かろうと、どれだけお兄ちゃんのことをわかっていようと、アンタが推測できっこないような魔法を使っている私に勝てるわけないの。ほら、その証拠に私のキスにもお兄ちゃんは無抵抗だったでしょ？」

「……っ！」

「お兄ちゃんを言いなりにできるということ、私とお兄ちゃんはほとんど家で二人きりだということ……賢いアンタならわかるわよね？」

両者、眼光だけで人を殺せそうなほどにらみ合う。まずい、そろそろ止めないと……！

動き出そうとした瞬間、背後から若干怯えたような声が聞こえる。

「あの……お客様……他のお客様のご迷惑になりますので……」

喫茶店の店員さんが、腰を低くして申し訳なさそうにそう言う。俺は雷光も置き去りにする勢いですぐさま頭を下げた。

「あっ、すみません……！　おいりんこ、雫……今日のところはもう帰ろう……！」

雫もりんこも、喫茶店にいたお客さんや店員さんの視線に気付いたのか、慌てて帰り支度を整える。

「……っ！　お兄ちゃん、帰ったら私の部屋に来て。わかった？」

「お、おう」

大勢の視線に晒されたのがよっぽど恥ずかしかったのだろう、雫は料金だけ置き俺たちをおいて足早に喫茶店を後にした。残るは俺とりんこだけ。店員さんにしこたま謝った後、俺はりんこにも頭を下げた。

「……ごめんなりんこ、帰ったら雫によく言って聞かせるから」

「ううん、いいの。それよりあっくん、さっき筆談した雫ちゃんとの間に何がおきたのかを後で教えてほしいってやつ、あれ取り消してほしい」

「えっ……？」

「あっくんの今の行動、状況に、何かしらの制約がかかっている可能性があるとすれば、雫ちゃんに操られたあなたから嘘を聞かされるかもしれないでしょ？　まぁそれを鵜呑《うの》みにする私じゃないけど、とにかく情報が定かじゃない今、あっくんからの言葉は少し信用できないの、ごめんね」

難しい言葉、理論をならべる幼馴染。しかし、いつもの気が付いたら納得させられているような説得力が、先ほどのりんこの言葉にはなかった。若干の違和感に、俺は思わず質問する。

「いや……俺は別にいいけどよ……本当にそれだけか……？」

少し溜めて、幼馴染は口を開く。

「ふふっ、鋭いね。……若干プライドというか、そういうのもあるかもね。……私、負けたくないの、あのずる賢い雫ちゃんを正々堂々真正面から叩き潰したいの。あれだけ自信満々に勝てるわけないって言われたら、熱くなっちゃうよね」

正義感、倫理観、義憤。いずれかの感情により、りんこは雫の嘘を許さないと決めた。

そういった決意が、言動、視線、立ち振る舞いから感じられた。

「そ、そうか……ほどほどにしてやってくれよな……」

俺は曖昧な返事をすることしかできなかった。

「……待っててねあっくん」

ふわりとした笑みを浮かべるりんこ。

「アナタ達の関係は、私がキッチリ終わらせてあげるから」

可愛らしい笑顔とは裏腹に、心底物騒なことをつぶやいて、彼女も喫茶店を後にした。

＊　＊　＊

俺は、賑わう喫茶店のど真ん中で、雫と唇を重ねた。

日が西に傾き、暗いオレンジ色の光が全身を照らす。

自分の長くのびる影をぼんやり眺めて、自宅を目指してとぼとぼ歩いていた。

「…………どうしてこうなった……」

今日起こった出来事を思い出すだけで、胃がキリキリと痛む。

普段絶対に怒らない幼馴染のブチギレ事件に、毎日死ね死ね言ってくる義妹の無理やりキス事件。

ここ数日で、俺の人生史上最もハードなイベント一位二位が更新されてしまった。

さらには、りんこの思惑に雫の呼び出しといったさらにハードになるであろうイベントも待ち構えている。今後も俺の胃を痛めつけるイベントは山ほどあるだろう。

「それにしても、あのりんこがあそこまで熱くなるなんてな……」

鋭い形相で雫をにらむ幼馴染の顔、今でも鮮明に思い出せる。前から雫とりんこの関係はあまり芳《かんば》しくなかった。おそらく、その積もり積もったストレスが今日、一気に爆発したのだ。

気を使う優しい幼馴染のことだ、わがままな雫のことをあまりよく思ってないのだろう。

「はぁ……」

いくらゆっくり歩いても、いずれは自宅に着いてしまう。そんなことはわかりきっていても、黒塗りの玄関を見て、気分が滅《め》入《い》る。

雫の呼び出し。何が起きるかはわからないけど、確実に俺のメンタルに風穴を開けるイベントが待っているはずだ。俺は、大きく深呼吸をして、自宅の玄関を開いた。

予想できないことを憂いても仕方がない。

とにかく、義妹の呼び出しイベントをなるべく少ないダメージで消化せねば……！

「か、かえりましたー……」

返答はない。

どうやら雫は自分の部屋にいるようだ。階段を静かにあがり、部屋の前で、俺はまた深呼吸をした。

そういや雫の部屋に入るのはこれがはじめてだな……。

ＳＩＺＵＫＵと書かれたルームプレート。このドアの先に彼女はいる。

喫茶店、幼馴染の前で、たくさんいたお客さんの目の前で、妹とのキス。

人生で最も恥ずかしい記憶がフラッシュバックするけど、無理やり記憶にフタをしてドアをノックした。

「雫、帰ったぞ。……入っていいか？」

「……入って……」

静かな声に入室を促され、ゆっくりドアを開ける。毎日寝起きする自宅でありながら、未開の地。

義妹の部屋に、俺はついに足を踏み入れたのだ。

「まだ催眠術効いてるよね……？」

「……ああ」

「……どうせ忘れると思うけど、まず最初に謝らせて。…………何も考えずに……そ、その……キスしちゃって、ごめんなさい……」

大きい本棚が印象的な、白を基調とした女の子らしい部屋。

その部屋にある小さなベッドの上で、雫は枕を抱き抱えながらそう言った。

てっきりりんこと喫茶店で仲良く話していたことを咎《とが》められると思ったのに、パイルバンカー系義妹は性格が変わる勢いで落ち込んでいた。

「催眠術がかかってなきゃ、たぶん、お兄ちゃんは私のこと嫌いになった……よね」

体を縮こまらせて、小さくなる雫。雫にとってもあのキスは予定外、勢いに任せての行動だったのだろう。

「気にすんな……とは、言えないけど、それでも、俺がお前を嫌いになったりすることなんてないよ。家族だからな」

「……っ」

迷惑かけられても、酷い罵声を浴びせられても、き……キスされても……。いや最後のはちょっとアレだけど……！　とにかく、家族は家族なのだ。

例えそこに血の繋がりがなくても、俺と雫は兄妹であり、家族だ。心の底から嫌いになれるはずなんてない。

「私、お兄ちゃんが、私のお兄ちゃんになってくれて……本当に嬉しかった」

こぼれ出る本音。そのまま雫は続ける。

「お父さんもお母さんもいなくなって……もう生きることなんてどうでもよくなっちゃって、周りにいる人ぜんぶ傷つけて……それでも、お兄ちゃんだけは、私にお節介を焼いてくれたよね」

「雫……」

絶対に誰にも見せない、大きな傷跡を晒す彼女。

口にだすのもはばかられるような、酷い殺され方をしたのだ。……キッチンの小さな戸棚に隠れた、幼い雫の目の前で。

病気や事故で両親を失ったのであれば、言い方が悪いかもしれないけど、雫も諦めが……気持ちの踏ん切りがついただろう。けれど、雫の両親は、他者の悪意によって奪われた。

その悪意は、ぶつけようのない怒りは、幼い雫の心に大きな傷跡を残した。

俺はいまでもはっきりと思い出せる。この家に引き取られた時の、生きることに絶望した雫の表情を。

子供ながらに思った。このままじゃ、彼女は自然と消えるように自ら死を選ぶだろうと。

俺は雫に心を開いてもらえるよう、ありとあらゆる手段を講じた。

まぁ……そのどれもこれもが失敗して、雫に殴られたり罵声を浴びせられたりと散々な結果に終わったけど……。それでも俺は雫のことが嫌いになったりはしなかった。

文字通り死ぬほどつらい経験をした雫に対して、素直な良い子に育てというほうが土台無理な話なのだ。

わがままでも、傍若無人でも、パイルバンカー系義妹でも良い。

ただ、生きてくれさえいれば。

いつか、心の底から幸せだって、言える日が来ることを信じていてくれれば、それでいいのだ。

「こんなこと、お兄ちゃんが催眠術にかかってなきゃ素直に言えないけど……」

ドアの前で立ち尽くす俺のもとに、トテトテと歩いてくる彼女。

「……本当に、ありがとう。……それと……だいすき……」

頬を朱に染めて、儚げに笑う彼女は、今まで見たどんな女性よりも美しくて、そして妖艶だった。

「いつかこの言葉を、お兄ちゃんが催眠術にかかっていない時に、ちゃんと伝えるね」

もう伝わっている。雫の気持ちは、本当は誰よりも優しい彼女の気持ちを、俺は知っている。

「……おう、待ってるぞ」

それでも、今は聞こえないフリをして、催眠術にかかったフリをして、俺は雫を抱きしめた。

彼女が自分の気持ちを、何にも頼らず素直に言えるようになった時。

そんな幸せな瞬間が、訪れる日が来ることを信じて。

「…………えっ？」

「……どうしたの、お兄ちゃん？」

雫の肩越しに、見えた本棚。女の子の部屋にはあまり似つかわしくないような、とても大きい本棚。

その本棚の、一際目立つ場所。一番手に取りやすい、本棚の真ん中あたり。

俺は、今までの感動的な雰囲気が、感情が、吹き飛ぶくらいのとんでもないモノを発見してしまう。

「し、雫さん？　あの本棚の真ん中あたりにある小説は何かな？」

「えっ……普通の義妹モノのラノベだけど……」

「タイトル読んでみてくれる？」

「…………『十二年間片想いしていた彼女が、昨日妹になりました。』だけど……どうかしたの？」

いやめっちゃ俺が書いたラノベで草。

「ぐふっ!!」

「お、お兄ちゃん!?　大丈夫!?」

あまりの恥ずかしさに思わず吐血してしまう。

くっ！　くそがぁっ!!

自分の書いた義妹モノのいちゃらぶスケベ小説を、モノホンのリアル義妹に読まれるとかどんな罰ゲームだよっ!!

い、いや落ち着け！　まだ俺のラノベを雫が読んでいるとは限らない！　積み本の可能性もあるからな！

もしまだ読んでいないのなら、秒で回収して焼却処分すればどうにかなるはずだ……っ！

「雫ちゃん、そ、その義妹ラノベ、読んだことあるの？」

「もちろんよ。もう百周は読んだし、お店ごとの購入特典やドラマCD、タペストリーやキーホルダーまで、ありとあらゆるグッズも購入済みだわ。学校での朝読書でも愛読しているくらい、私はカタイモが大好きよ。愛していると言ってもいいくらいにね」

いやめっちゃ応援してくれるファンで草。

「はぐわぁっ!!」

「お！　お兄ちゃん!?　本当に大丈夫!?」

「あ……安心しろ、ちょっと心臓が止まりかけただけだ……」

催眠術義妹の攻略法が少しだけ見えた気がしたけど、どうやらまだまだ道は険しいらしい……。

俺は、今後訪れる胃に大穴案件に頭を悩ませつつ、気を失った。

## 3　毎日死ね死ね言ってくる義妹が、俺の人生初サイン会に凸ってきたんですけど……！

「…………」

義妹の喫茶店ファーストキス事件から一週間。

都内某所のオフィスビル。その一室で俺は、椅子に座りながら小さく縮こまっていた。

対面には、険しい顔をしながら俺の書いた原稿を読む編集。

そう、ここは俺の拙作『十二年間片想いしてた彼女が昨日、妹になりました。』に書籍化打診してくれたドライブ文庫の編集部、打ち合わせ室。

編集部の傍らにパーテーションで区切られたこの一室には、さまざまな書類が置かれ、そして発売されている書籍のポスターなどが乱雑に貼られていた。

義妹モノが完結後、俺は次の仕事をもらうため、また新作をこの編集部に直接持ってきたという次第だ。

「……読みました」

「ど、どうですか……？」

おそるおそる感想を聞く。俺の担当吉沢《よしざわ》さんは、パンツスーツを華麗に着こなし、できる編集オーラをバンバンだしながら足を組み替え、さらにゆっくりためて、そしてようやく口を開いた。

「つまらないですね」

「がふっ……！」

俺のメンタルに中規模程度のダメージ！　しかし、この程度の編集の口撃には慣れている！

「キャラクターには自信があったんですけど……ぐ、具体的にはどのあたりがつまらないですかね……？」

「冒頭……ツカミ、企画ですかね、市野先生の書くキャラクターは確かに魅力的です。ですが、読者が『何この設定……頭おかしいんじゃないの？　……どう話が進むんだろう？』と、思ってしまうようなパンチのある企画がないと、魅力的なキャラクターを書いてもそもそも読んでもらえないんですよね」

「……な、なるほど……っ！」

俺のペンネームに、わざわざ先生付けしながら、吉沢さんは淡々と話す。たしかに一理ある。

俺のラノベにはそういった突飛な設定、企画はない。基本的に、急に妹ができてイチャコラするような、そんなありきたりな内容だ。

「こういうベタな設定でも、ある程度面白くできるのは市野先生の良いところであり、才能だと思います。けれど、それだけじゃ爆発的に売れないのは市野先生も理解していますよね？」

「……そ、それはもちろん、前作で経験しております……っ！」

吉沢さんの眼光が鋭くなる。く、来るぞ……！　心を強くもて……っ！

「じゃあなんでこんなベタすぎる企画で書いてきたんですか？　登校中に食パンくわえて美少女にぶつかるとかいつの時代ですか？　しかもその美少女が翌日妹になるなんて前作とやってること一緒ですよね？　市野先生はいつの時代に生きているラブコメ作家なんですか？　……あぁ、もしかしてこれギャグでした？　まぁギャグだとしても一ミリたりとも笑えませんけどね」

「ひぎぃっ！」

怒涛のつまらない理由ラッシュ！　やめて！　俺のライフはもうゼロよ！

「よってボツです。全ボツです」

「はぐわぁっ！」

静かな打ち合わせ室にガシャン！　と大きな音が響く。トドメの一撃に、俺は椅子ごと仰向けに倒れてしまった。

「くっ……言わせておけば……俺は一応作家だぞ……っ！」

この編集には正直毎回イラついていた。確かに指摘は的確だし担当作を何本もヒットさせているけど、もっと伝え方に気を使ってもいいはずだ。

ちょっと綺麗なお姉さんだからって調子に乗りやがって……！　男女平等主義者である俺は、綺麗なお姉さんであろうと全力で論破しにいくタイプの男だ……っ！

俺の類稀なる語彙《ごい》力と理論的なアレで論破してやる！　そして今後の打ち合わせをもっとソフトにしてもらうぜっ！

「何か反論があるんですか？　市野先生」

「ひぃっ！　な、なんでもありません！」

　俺はまるで、肉食獣ににらまれたウサギのように縮こまる。美人が怒るとっても怖いよね。

「……はぁ。言っておきますけど、私は市野先生に期待しているんですよ？　その若さでそれだけ書けるのは市野先生か、あの稲妻文庫で市野先生以上に大活躍している笹本先生くらいです」

　ドライブ文庫よりも大手のレーベル、稲妻文庫。その最前線で売れに売れている作家が、俺の義妹小説を否定しまくる件の笹本だ。噂では俺と同年代の作家らしい。

「その……俺以上って言う必要ありましたか？」

「思い上がらないよう一応付け加えようかと」

「くっ！　笹本めぇ……こんなところでも俺のメンタルを攻撃しやがるのか……！」

「とにかく、笹本先生のように、自分が体験しているかのようなリアルな恋心と、突飛な状況、そして地味めな女の子が実はとても賢くて、主人公の外堀をだんだん埋めていきラブラブするようなキャラクターのギャップ、そういう企画がないとそもそも勝負になりません」

「な……なるほど」

　確かに笹本の作品『モブ幼馴染はお嫌いですか？』のヒロイン理衣子《りいこ》ちゃんは、地味で主張も弱く、普段はほわほわしているだけだけど、主人公のことになると途端に賢くなって外堀を埋め出す様はかなりえっちだ。

地味な女の子が主人公のことだけが大好きでじわじわ攻略されていくとか敵ながらあっぱれなスケベ展開。リアルにそんな地味系幼馴染がいたら正直惚れるレベルで可愛いヒロインだ。

「市野先生にもそういうリアルで起きた不思議な出来事、ないんですか？」

「リアルで起きた不思議な出来事……ですか」

いやあるにはあるよ？　先週から毎日欠かさず催眠術かけている気になっている義妹に、死ぬほど恥ずかしい恋人プレイをさせられるっていう不思議な出来事ならあるよ？　でもこんなの本にできるわけないよね？　書いて編集に出した瞬間に警察に通報されるレベルでスケベだよね？

「い……いや、ないですね……」

「あるんですね」

「えっ！　な、なんでわかったんですか!?」

「……その反応、やっぱりあるんですね」

「……か、カマかけたのか……っ！」

最近カマかけられすぎて膝のあたりとか削れてないかマジで心配になる。

吉沢さんは俺のことをじとりと見つめた。

「市野先生みたいな真面目で一直線で愚鈍なタイプって、武器になる自分の変態性を隠しちゃうんですよね」

「えっ？　今すっごい悪口混ざってなかった？」

「かの有名な漫画家さんが言うように、作家で成功するためには、自分のパンツを脱ぎ、そして変態性をさらけ出す必要があるんです。才能ないくせに何出し渋《しぶ》ってるんですか？」

「やっぱり悪口言ってるよね!?　俺を傷つけにかかってるよね!?」

「すみません、つい」

「ついですんだら警察はいらねぇんだよ！」

「市野先生声が大きいです。調子に乗らないでください」

「えっ、あっ、すみません」

俺のことを散々傷つけた編集は、若干嬉しそうにしながらコーヒーに口をつける。

この女……俺には水道水しかだしやがらねぇのに自分だけコーヒーかよ……っ！　ゆるせん！　いつか大ヒットしてヒィヒィ言わせてやるからな……！

「クソ雑魚作家には水道水がお似合いです」

「エスパー!?」

「私と一緒にコーヒーが飲みたいならアニメ化くらいしてもらえないと困りますね」

「こいつ……編集のくせにとんでないくらい大口叩きやがる……！」

「編集のくせ？　死ぬほどポイントが低いウェブ小説に書籍化打診してあげたのは誰でしたっけ？」

「あっ……すみません」

「……まぁいいです。とにかく、市野先生が売れるためには、あっと驚くような企画が必要です。それも実体験に基づいたのが望ましいですね」

「な……なるほど……」

この編集、何も知らないはずなのに遠回しに催眠義妹モノをかけと言っているような気がする……！　おそろしや……！

「わかったなら、早く新しい企画、もしくは原稿を書いてきてください」

「……わかりました」

はぁ……今日も全ボツか……。血の滲むような努力で生み出した作品達、その全てがことごとく失敗。

泣きそうになりながらエスカレーターのほうへ向かおうとすると、肩をトントンと叩かれる。

「期待していますよ。あなたはウチの看板作家候補なんですから」

振り向きざま、耳元でそう呟く美人編集。こ、この女！　わざとやってやがる……！

けれど、わざとだとわかっていても……。

「ひゃ、ひゃい」

童貞の俺には効果はばつぐんだった。


「ただいまー」

打ち合わせも終わり、帰宅した頃にはもう夜の九時。

疲れ切った俺はシャワーを浴びようと浴室に向かう。

その道中、リビングにいた機嫌の良さそうな義妹が視界に映った。

「と、尊い……！」

俺の書いたスケベ義妹ラブコメを読みながら、よだれを垂らして尊いを連呼するリアル義妹。

何このカオスな状況。こんなの書けるわけねぇだろ……！

俺は次に書く新作のプロットに頭を悩ませながら、自室に引きこもった。

＊＊＊

俺、市ヶ谷碧人の朝は早い。

午前六時三十分には起床し、朝食、お弁当の準備。

雫はコンビニ弁当や購買のパンは何故か嫌って食べないので、毎日俺が彼女の分の弁当を作るのだ。

その準備の合間にも、洗濯物や掃除など、細かい雑事をこなしていく。

父親がおらず、母親が仕事で外に出ずっぱりな我が家では大体の家事を兄である俺がこなしている。

そんな毎日の忙しい朝に、最近、新たな日課ができた。

「クソ兄貴。ちょっとこっちにきて」

「お、おう……」

短針が七の数字を回った頃。

テーブルに朝ご飯を並べていると、眉を吊り上げながらも少し機嫌の良さそうな雫に呼び出された。

そう、俺の新たな日課とは……。

「いい、この五円玉を見なさい。目をそらしたらグーだからね」

「……はい」

雫に催眠術をかけられ、義妹大好きシスコンお兄ちゃんになることだ。

……俺が何を言ってるか理解できないって？

安心してくれ、俺にもわからない。

「体の力が抜けてきて……貴方は私の言いなりになる……妹が一番大好きなお兄ちゃんになる……」

いつものセリフに、いつもと同じように揺れる五円玉。

「催眠術、成功ね」

フフーンと、自信ありげな笑み浮かべる彼女。しかしながら俺の意識は、これ以上ないくらいにはっきりしていた。雫に初めて催眠術をかけられてからおよそ一週間半。彼女は毎日のように俺に催眠術をかけ、そして顔から火が出るくらいの恥ずかしいお願いをしてくる。

催眠術を解除、俺の記憶を消している状態の時はいつものパイルバンカー系義妹。

催眠術をかけ、俺が妹大好きシスコンお兄ちゃんの時は若干Mな脳内お花畑系義妹に変身する。

まぁここまではいつもの日常だ（狂気）。問題はここから。

最近雫がハマっている、とあるお遊び。

それが俺の豆腐メンタルをぐちゃぐちゃにしてほうれん草と和えて美味しくいただけるレベルの破壊力を有しているのだ（錯乱）。

俺が何言ってるか理解できないって？

これからの惨状をみれば、俺の日本語が終わっている理由を理解できると思うので安心してくれ。

雫は、右手に持っていた俺の著書『十二年間片想いしてた彼女が昨日、妹になりました。』をおもむろに開く。

「じゃ、じゃあ今日は二巻の二十七ページをやるわよ！」

「…………」

「……返事は？」

「……はい」

テーブルに座り、俺の書いたラノベを開きつつ、ウィンナーを俺にあーんする義妹。

「お、お兄ちゃん、私の作った朝ごはん美味しい？」

「あ、あぁ美味しいよ」

「…………ちょっとそこセリフ違う『雫の味がしてとっても美味しいよ』でしょ？」

「し、雫の味がしてとっても美味しいよ」

「もう！　何言ってるのよ！　お兄ちゃんのえっち！」

そう……雫が最近ハマっているとあるお遊びとは。

「じゃあ次は二十八ページね……。アンタからよ、早くセリフ言いなさい」

俺の著書『カタイモ』の、兄と妹のラブラブシーンの再現。

そんなおぞましい、闇のゲームにどっぷりハマっていたのだ。

俺は血反吐を吐きそうになりながらも、自著をみながらセリフを読む。

「……雫はやっぱり料理が上手だなぁ。お兄ちゃん、雫をお嫁さんにもらいたいくらいだよ」

そのセリフを聞いて、うっとりする義妹。

「こ、こんなの誰にでも作れるって……！」

いやこの朝ごはん俺が作ったやつだからね？

さっきあーんしたタコさんウィンナーも俺が丹精込めて焼いたやつだからね？

「ほんとお兄ちゃんはシスコンなんだから！　……で、でも、ついでだし、その……余るから
……毎日作ってあげてもいいいんだからねっ！」

「……し、雫はツンデレだなぁ」

「ちょっとそこのセリフ違う！　やりなおして！」

「し、雫ちゃんマジで天使、愛してる」

「……わ、私も……っ！」

あがぁぁぁあああああああ!!　死にてぇええええぇぇええええ!!　なんなんだよこの状況!!　自分の書いた小説のセリフを読まれるだけでも恥ずかしくて死にたい気持ちになるのに、それをリアル義妹と再現するなんて、拷問もいいところだ!!

「……ほら！　次アンタのセリフ！　早くしなさい！」

雫に急かされる。けれど次のセリフは俺の小説史上最も恥ずかしいセリフ。死んでも言いたくねぇ！

「………言えないの？　アンタまさか催眠術かかってないの？　死ぬの？」

ナイフをチラつかせる雫。えっ？　何この状況？　もしかして地獄？　地獄って現世にあったの？

進むも死、退くも死。俺は奥歯を噛み潰す勢いでくいしばりながら、セリフを口にする。

「ふ、ふぅ、これだけ食べてもお腹いっぱいにならないなぁ……」

「えっ、でも朝ごはんこれだけだし……どうしよう？」

しらじらしく、小首をかしげる雫。クソうぜぇけど引くぐらい可愛いので困る。

「……ここにあるじゃないか」

「ふぇっ!?」

小説の一節通り、俺は雫を肩に抱いた。

「俺の妹という名の、最高のメインディッシュがさ」

「お、お兄ちゃんらめぇっ！　雫を美味しくいただけるのは夜十時以降の約束でしょ！」

ふぉぁあああああああああああああああっっっ!!　誰か俺を殺してくれぇえええぇえええええええっっっ!!　てかなんだよこのクッソだせぇセリフはよぉおおおおおおおお!!　これ書いた作者マジで頭イカれてやがるだろぉおおおおおお!!

「…………」

いや書いたのめっちゃ俺で草ぁぁぁあああああッッッ!!

表面上は生温い笑顔で取り繕いつつ脳内で発狂していると、ピピピッと、スマートフォンのアラームが鳴る。

「チッ、もうこんな時間……そろそろ学校に行かないと遅刻するわね……まぁ朝の部はこれくらいで終わりにしておこうかしら」

朝の部……？　まさか昼の部とか夜の部とか追加されちゃうんですか？

「し、雫、お前本当にこんなラノベ好きなのか……？　もうちょっと面白い作品あるだろ……ほら！　『仲が悪すぎる幼馴染が、俺が5年以上ハマっているFPSゲームのフレンドだった件について。』とかさ……！」

FPSを主軸に、魅力的なキャラクターたちが織り成す青春群像劇、通称『なかおれ』。

FPSやったことない人も楽しめるからみんなも読んでくれよな！

「そんなクソ長タイトルのなろうラノベなんて読みたくないわ」

「お前は今言っちゃいけないこと言ったぞ……！　作者とそれを楽しみにしてる読者に謝れ……！」

「とにかく、私はこの作品の情緒に惹かれているの。特にキャラクター、セリフが良いわね。笑えるものからトキめくものまでたくさんあって、読んでて飽きないわ」

「へ、へぇ……そうか……」

「学校のお昼の放送で音読したいくらいよ」

「いやそれだけはやめて」

「……なんでアンタが必死に止めるのよ……」

「あっ、いや、さすがにお昼の放送でラノベはレベル高すぎるかなって……」

「……まぁそうね。この聖書の素晴らしさがわからない愚物共にきかせても意味ないものね」

こいつ……俺のラノベのこと聖書って呼んでんのか……狂ってやがる……。

「……遅刻するからそろそろ準備したほうがいいんじゃないか？」

時刻はいつの間にか八時前、もう家を出ないと遅刻してしまう。

「そうね。それじゃあ催眠を解くわよ。こっちに来なさい」

両手を広げる雫。俺は手慣れた動きで彼女の前に座る。

「いい？　私が手を叩いた瞬間に、催眠中に起きた出来事はすべて忘れなさい。それと、また私が催眠をかけた時は最初の暗示通り、私のことをこれ以上ないくらい大好きなお兄ちゃんになること、わかったわね？」

「……わかりました」

「あと、何度も言うけど、先週の喫茶店の出来事を地味女に言及されても、何も覚えてないと答えなさい。あと、何を言われても信じないこと。わかった？」

「……わ、わかりました」

パチンと可愛らしい音がなった。それと同時に、雫は俺をゴミを見るような目でにらみつける。

「……クソ兄貴、何でそんなとこで突っ立ってんの？　邪魔なんですけど」

「……すまん」

肩をあてて、足早にリビングを去る雫。……この変わり身の速さ、女はみな女優とはよく言ったものだ。催眠術昼の部に胃をキリキリさせていると、スマートフォンがピロリンと、リズミカルな音をたてる。俺の担当編集の吉沢さんからメールだ。

『おはようございます。吉沢です。この前話していた最終巻発売記念のサイン会の件ですが、予定通り二週間後、渋谷で行うことが決まりました』

「おぉ！　やった!!」

曲がりなりにも九巻まで続いた俺の作品。最終巻刊行まで応援してくださったファンのため、吉沢さんが数ヶ月前からサイン会を企画していてくれたのだ。初めての顔出し、初めてのファンとの交流、嬉しいような恥ずかしいような、いろいろな気持ちがない混ぜになって、俺はよくわからないニヤケ顔を晒していた。

「サイン会かぁ……一応サインの練習しとかないとなぁ……」

なんだかんだで伝えそびれて、俺がサイン会を行うまでの作家になっていることを、クラスメイト、友達、親友のりんこ、そして家族の雫でさえ知らない。

「サイン会でバッタリ知り合いとあったりしてな……まぁそんなことないだろうけど」

俺みたいな中堅作家のサイン会に来るということは、『カタイモ』という作品を相当好いてくれているということ。それこそ雫みたいに購入特典からグッズまで総ナメしているような猛者しか来ないはずだ。

「えっ……」

驚きのあまり、自らの心の声を、反芻《はんすう》する。

『それこそ雫みたいに購入特典からグッズまで総ナメしているような猛者しか来ないはずだ』

「…………やばいやばいやばい！」

サイン会には最終巻からの後日談、三万文字の特別冊子が付いてくる。

カタイモ狂の雫が参加しない訳がない……！

あのどスケベ義妹小説の作者が俺だと知った雫が、どんな行動をとるか見当もつかないぞ……！

「な、何としてでも阻止するしかねぇっ……！」

散りかけた桜並木を早足で歩きつつ、足りない脳味噌をフル回転させて、俺はサイン会で義妹と鉢合わせない方法を考えるのであった。

＊　＊　＊

淡々と今後の行事予定を、プリントを見ながら説明する担任。

今日の授業日程を終え、ホームルームを迎えた二年C組の教室には、春の暖かな空気とともに穏やかな時間が流れていた。

「…………」

いや穏やかにしてる場合じゃねぇっ！　二週間後に行われる完結記念のサイン会。そのサイン会に、リアル義妹である雫がおそらく参加する。雫とサイン会で鉢合わせしてしまう。そんな胃に穴が開くタイプのイベントはどうにかして阻止しなければならないのだ！

しかしながら、そのための作戦を午前中ずっと考えていたんだけど、結局何も思い付かず昼過ぎを迎えてしまった。……まぁ落ち着け。

よく考えれば、そもそも雫がサイン会に参加する確証なんてない。

「そうだよな……冷静に考えればありえねぇよ……」

ホームルームの終わり、日直の号令、解放された生徒たちの喧騒にまぎれて、俺は小さく呟く。

あのパイルバンカー系義妹が目をキラキラさせながら中の下くらいのラノベ作家のサイン会に参加している様子がまったく想像できない。

いくらファンとはいえ、オタクの対極にあるような孤高のＪＫキングである雫が、そういうイベントに参加するだろうか……？

答えは否。雫みたいなタイプのファンは、作品に興味があるだけであって、別に作者には興味ないのだ。たぶんそうだ。絶対にそう。むしろそうじゃないと困る。

「……クソ兄貴、ちょっとこっちに来なさい」

机につっぷしながら脳内で希望的観測を抱いていると、ちょうど良いところに雫のお呼び出しがかかった。……クラスメイトの視線が痛い……。

ラブコメラノベにありがちな学校一の美少女とかいう称号をリアルで冠する雫は、言うまでもなくモテる。モテまくる。

この教室にも雫に告白し、そして神速でフラれた男共がうようよいる。

窓際で俺をにらむいかにもリア充っぽい金髪イケメンもその一人だ（おそらく彼は隣のクラスだけど、わざわざ雫を拝むために、友達と談笑するという名目でここに来ている。そういう男子は結構いるので、うちのクラスはいつも賑やかだ）。

確か苗字は『速水《はやみず》』だったか……？

彼らにとって俺みたいな陰キャが雫にかまわれるのは、あまり面白くないのだろう。

くっそぉ……雫の義妹スケベラノベ音読演技会でもう俺の胃はボロボロだってのに……なんでイケメンリア充に目をつけられなきゃいけねぇんだよ……大体こういうフラグは後々絶対に俺を苦しめる……！　もうわかる……！　本能でわかる……！

教室の空気に萎縮して、バツが悪そうに雫のほうを見つめていると、彼女はそんな空気に我関せずといった雰囲気で、俺の耳元に口をあてる。

「……早く来なさいよ。腹に風穴開けられたいの？」

おい、俺を恨めしそうににらむイケメンリア充よ。これがお前が羨ましがるシチュエーションなのか？　ひっくい声で腹に風穴開けるぞと脅されるのがお前の望むシチュエーションなのか？

「……すぐに行くから先に行って待っててくれ」

「……一分以上待たせたらわかるわよね？」

「……も、もちろんです」

スタスタと、凍りつく空気をフル無視して雫さんは教室を後にした。俺はため息を吐きながら帰り支度を整える。すると、前の席にいたりんこがしたり顔でこちらを見つめていた。

「なんだよ……」

「いやいや、あっくん大変そうだなーって思って」

「……まぁな」

「疲れたらちゃんと私に言いなよ？　わかった？」

「おう」

ふわりと笑みを浮かべるりんこ。

喫茶店での出来事から一週間と少し、あの時俺がなんで雫の言いなりになっていたのか、その理由をりんこに追及されるかと思ったけど、彼女ははじめからそんな出来事がなかったかのように振る舞っている。雫とも、たまににらみあうくらいでケンカにまでは発展していない。

「あ、それと……二週間後、わたしも行っていい？」

二週間後……？　あぁ、そういや再来週の祝日にりんこの新しいベッドを組み立ててやる約束してたな。かなり大きめらしいから部品も重たいらしい。

「おう、てかお前がいてくれないと話にならないだろ」

そもそもベッドを組み立てるのはりんこの部屋でだしな。

「えっ？　てっきり恥ずかしさのあまり発狂しちゃうかと思ったんだけど……意外と冷静だね」

「なんで俺が発狂しなきゃいけないんだよ」

「…………まぁいいや！　めいっぱいおめかしするからね！」

ベッドの組み立てになぜ化粧せねばならんのかツッコミたかったけど、雫を待たせるわけにはいかないので急いで席を立つ。

「それじゃあまたな！」

「うん、またね」

可愛らしく手を振る幼馴染。俺はリア充達の視線に見て見ぬ振りをして、教室を後にした。

＊　＊　＊

「ちょっと遅いんだけど」

屋上前階段の踊り場。めったに人の来ないこの場所が、雫が俺を呼び出すいつもの場所になっていた。

「す、すまん」

「……まぁいいわ、はやくこの五円玉を見なさい」

「ごぶっ！」

慣れた手つきで俺の顔面をアイアンクローで固定し、五円玉を揺らして催眠術をかける。日に日に催眠術をかけるスピードが上がっているのは気のせいだろうか？

「ふぅ、催眠成功ね」

いつも通りドヤ顔で催眠成功宣言をする雫。そして例の如く、俺の意識は富士山の雪解け水のように澄み切っていた。ごめんな。俺は雫に命令される前に、すぐさま話題を切り出す。

「な、なぁ雫……お前が好きなラノベのサイン会があるの知ってる？」

「は？　知ってるに決まってるでしょ？」

雷よりも速い返答……！　いや……まだ望みはある……！

「参加したりはしないよな……？」

「は？　するに決まってるでしょ？」

雫の返答は光の速度を超えていた。一切淀みのない返答。このままじゃ、間違いなく彼女はサイン会に参加するだろう。こうなったら作者（俺）をけなしてでも阻止するしかねぇ……！

「えっ、で、でもさぁ、必ずしも作者のイメージと作品のイメージが合うとは限らないだろ？

お兄ちゃんさ、こんなスケベな義妹ラブコメ書いてるやつは大抵ヤバイやつだと思うんだよぉごぉっ！」

そう言い切る瞬間、ネクタイが締め上げられる。

「私の前で神を愚弄《ぐろう》する気？」

こ、こいつ……目がやばい……っ！　狂信者だッッッ！　狂ってやがるッッッ！

「てか催眠かかってるはずなのに今日はやけに喋るわね……かかりが甘かったのかしら」

わずかに雫の力が抜ける。俺はその隙をついて拘束から抜けた。

「けほっ！　けほっ……！　と、とにかく！　お兄ちゃんは反対だぞ！　可愛い妹をスケベ義妹ラブコメを書いているような変態に会わせるわけにはいかない……っ！」

語気を荒げる。ここで雫に反抗すれば、催眠術にかかっているかどうか疑われるかもしれない……！

けれど攻めなきゃ敗北が待ち受けているだけ！　俺は攻めるぞ！

「お兄ちゃんがこんなにも雫のことを心配してるのに！　だ……大好きなのに！　わかってくれないのか!?」

大好きというセリフを聞いた刹那。雫の顔からぽんっ！　と湯気がでた。

「ふ、ふんっ！　アンタどんだけ私のこと好きなのよ！　……でもそれとこれとは話が別なの！　私はなんとしてでも神のサイン本と後日談ショートストーリー冊子を手に入れたいの！」

よ、よし！　否定的な雰囲気だけど、若干雫がデレかけている！　このまま押せばチャンスはあるぞ!!

「お前そんなにもあの作品の作者が好きなのか……!?　お兄ちゃんより大切だってのか!?」

「はぁ!?　……そ、そんなわけ……」

「うぇええぇええん！　お兄ちゃんつらいよぉおおお!!　妹が浮気するよぉおおおお！」

俺はプライドを捨てて泣き叫ぶ。踊り場に五体投地して駄々っ子する。

「ちょっ！　大きな声出さないで！」

「雫に嫌われたよぉおおおおおおお！」

じたばたと暴れ回る兄に、さしもの雫もうろたえる。

情けない兄でごめんな。でも俺もお前に殺されたくないんだよ。

なんだかんだで雫は優しい。俺がここまで嫌がれば、サイン会に行くなんてことはしないだろう！

勝った！　そう確信したのも束の間。

床で暴れまわる俺の頭を、雫は半ば強引に自分のふとももにのせる。

こ、これは……伝説の……っ！

「……よ、よしよし……いい子だから、泣かないの……」

ＨＩＺＡ《膝》ＭＡＫＵＲＡ《枕》!?

「雫……!?」

「……わ、私がお兄ちゃんを嫌いになるはずないでしょ」

顔を真っ赤にしながら、俺の頭をなでる雫。この世のものとは思えないほど柔らかく、そして同時にハリのある妹のふともも。緊張のせいか、すこし汗ばんでしっとりしている。

スカートの芳香剤と雫自身の匂いが相まって、非常にえっちな匂いがした。

そんなメスの香りと極上のハリツヤ、そして柔らかさの雫のふとももは、高級マッサージ店をも軽く上回るクオリティの極上癒し空間を実現していた。

「まったく……本当、お兄ちゃんは私のことが大好きなんだから……っ！　……えへへ」

ツンデレむっつり義妹のむれむれ膝枕。控えめに言って最高。このままうつ伏せになって深呼吸してやろうかと血迷っていると、頬を赤くした雫は、とんでもないことを提案する。

「そ、そこまで言うなら、一緒にサイン会行けばいいじゃない」

「へ……？」

「再来週の日曜、一緒に……そ、その……デートすればいいのよっ！　このシスコン！」

俺のサイン会に？　雫とデート？　そんな自殺行為できるわけないだろ……っ！

「いや、でも、再来週はちょっと予定が……」

「逆らうの？」

「えっ……」

瞳の奥が真っ黒になる義妹。あっ、これ生き物を躊躇《ためら》いなく殺める人の目ですね。

「いやー！　楽しみだなー！　雫とのデート！」

「ふ、ふん！　私は別にそうでもないけどねっ！」

ツンデレる雫を尻目に、俺は血涙を流していた。

こうして、俺と雫のダブルブッキングサイン会デートが計画されてしまったのであった。

＊＊＊

春と夏の間。暖かい空気が頬をかすめる。

俺は渋谷駅前、待ち合わせスポットでお馴染みのハチ公前でスマホたぷたぷつつきながら時間をつぶしていた。

「お、お待たせ……！」

その声を聞くだけで、美人だと確信できるぐらいの澄み切った声。

視線を上げると、俺の義妹が頬をほんのり染めながら、耳に艶やかな黒髪をかけ、こちらを恥ずかしそうに見つめていた。白のカットソーに、足が長く見えるネイビーパンツ。

誰がどう見ても人間国宝級の超絶美少女だった。

「えっ、あの子めっちゃかわいくね？」「モデルさんなのかな……」「てか待ち合わせの相手だれだ」

義妹の登場に、一気に色めき立つ若者たち。

俺は意を決して、雫の前に飛び出す。

「や、やぁハニー……！　今日もかわいいね」

どよよっ！　っと効果音がなるくらい、ハチ公前にいた若者たちは驚く。

そりゃそうだ。俺みたいな冴えない男が、雫みたいな人間国宝級の美少女を軽々しくハニーと呼んだのだ。驚くのも無理はない。

「ちょ、ちょっとアンタ！　妹に何言ってんのよ！」

またもやどよよっ！　激しめな集中線を入れて効果音白抜きで入れるレベルで若者たちは驚く。あぁ……胃が痛い。胃が痛すぎる。……そう、お察しの通り、今の俺はシラフではない。

例の如く、雫に催眠術をかけられている。

今回の命令は『カタイモの主人公レベルで、私を溺愛するお兄ちゃんになりなさい。そしてらぶらぶデートしなさい』だ。

話は変わるが、創作する者を死ぬほど辱《はずかし》める方法を皆さんは知っているだろうか？

その作者が書いたセリフ、主に必殺技だとか、決めゼリフだとかを、ぼそぼそっと耳元で呟いてやればいい。そうすればおそらく八割型の作者は、息ができないくらいに悶え苦しみ、そして恥ずかしさのあまり頭を地面にガンガン打ち付けるだろう。

ちなみにセリフを引用する作品がその作者にとって古ければ古いほど効果は絶大だぞ！

「ハニー、それじゃあ行こうか」

「どこに行くの？　……映画とか？」

「……おい雫」

「きゃっ！」

俺は雫の肩を抱き、さながら社交ダンスの達人のようにくるりとターンを決め、そしてハチ公さんが座す石壁に壁ドンを決める。

「映画も確かに悪くない……けれどそれじゃあ俺の雫を正面から見つめられないだろ？」

「……………しゅきぃ……っ！」

五十をゆうに超える観衆を前に、真っ赤になる超絶美少女義妹と、それに壁ドンする冴えない兄。俺の一切妥協のない壁ドンに、観衆から大きな拍手が聞こえてきた。控えめに言って死にたい。穴があったら入って永眠したい。

……なぜ死にたいかって？

今のやりとりはすべて、俺の著書である『カタイモ』のセリフだからだよ？

今日はいつものカタイモごっこを、クソみたいに人がいる渋谷でやらされるからだよ？

しかも今日は俺のサイン会。義妹デートと身バレ不可避のサイン会のダブルブッキング。神は俺を殺そうとしている。前世でどんな業を背負えばこんな地獄みたいな責め苦を受けさせられるんだ？

まさか俺の前世って魔王？　世界二つくらい滅ぼしちゃったりしてるの？

「わかったかいハニー？　君は今日も俺のお姫様なんだ。俺の言うことだけ聞いていればいいからね？」

「……ひゃ、ひゃぃ……」

自分のツンデレ属性を忘れ、目をハートにしてデレッデレになる雫。その様子を見た観衆からボソボソと小さな話し声が聞こえた。

「あんな美少女が、芋みたいな男とデートなんて……世の中わからないもんだな」「おい、俺達がナンパしたらあの子デートしてくれんじゃね？　あんな男よりかは俺達のほうがイケてるって！　絶対！」「たしかにそうかもな……！」

そんな小声を聞き取った雫は、逆鱗に触れられた龍のように眼光を鋭くする。雫に催眠術をかけられてからおよそ一ヶ月。俺は彼女の性格をかなり知ることができた。義理の兄に催眠術をかけ、無理やり惚れされようとする雫が、最も嫌がり、そして激昂すること。それは……。

「そこのモブ。殺されたいの？」

俺が貶《けな》されることだ。

「雫行こうか！　そろそろお店を予約してる時間だ！」

幸いまだ、雫の殺害予告は件の観衆には聞こえていない。

すぐさまフェードアウトすれば大騒ぎにならなくて済む……っ！

「退いてお兄ちゃん、ちょっとあいつらの腹に風穴開けてくる」

「……雫ちゃん？　その手に持っているものは何？」

「ホールソー」

「それって金属とかでも丸い穴を開けられる便利な道具だよね？」

「ハンディタイプ。軽くて扱いやすい」

「……どこから出したの？」

「……乙女の嗜《たしな》み」

いやそんな嗜みがあってたまるか……っ！　このように、雫は俺がバカにされることを何よりも嫌う。

この前も、俺が近所の犬に吠えられただけでその犬にギャンギャンと吠え返したくらいだ。流石に人目があるところではその悪癖も少し緩和されるんだけど、今の雫はデレデレモード、タガが外れている。俺をバカにされたら引くぐらいブチギレるくせに、らぶらぶ加減を見せつけたがる矛盾しまくりパイルバンカー系義妹。兄として若干嬉しい気持ちもあるけれど、今雫を止めなければ休日で賑わう渋谷が阿鼻叫喚《あびきょうかん》であふれる地獄へと変貌《へんぼう》してしまう。

「雫、あまり俺を怒らせるな」

「ふえっ？」

ホールソーをギュインギュイン回す義妹の手を取り、胸に抱く。

「俺以外の男を見つめるなんて、本当に悪い子猫ちゃんだ」

そんなゲロキモいセリフを吐きながら、俺は雫の額に軽くキスをする。

「ご、ごめんなひゃい……っ！」

雫はホールソーをしまい（どうやってしまったかは定かではない。背中に隠したと思ったら次の瞬間には消えていた。まさか具現化系の能力か？）俺にひしりと抱きつく。

そんな彼女と、俺は腕を組み、手は恋人つなぎにして、ハチ公前を早足で去る。

予約したオシャレなお店で昼食を済ませ、少し時間をつぶしたらいよいよサイン会だ……っ！

普通にサイン会に行けば、担当編集の吉沢さんと雫と板挟みになり、雫に『なんで今まで黙ってたの？　嘘ついたの？　催眠術かかってないの？』と責め立てられ社会的に抹殺もしくは物理的に抹殺されることは確定案件。

しかし！　俺も大きなイベントに対して何の手立ても用意しないほどバカじゃない！

義妹いちゃらぶデートとサイン会ダブルブッキングとかいう地獄の責め苦イベントを乗り越えるアイデアはすでに用意されているっ！

「ねぇ……」

「ん？　どうした雫、予約してる店ならもうすぐだから少し我慢してくれよ」

腕を組んでいる雫は、おそるおそる上目遣いで、こちらを見つめる。

「……お兄ちゃん、私今とっても幸せ」

伏目がちに、そう言った。

「あぁ、俺もだよ」

毎日死ね死ね言ってくる義妹との、久しぶりの外出。

俺は彼女を、重たい十字架を背負っている彼女を、もっと笑顔にしてやりたい。

これから訪れるであろう受難に対して、俺はいっそう気を引き締めた。

＊＊＊

「ふぁ〜美味しかったぁ〜」

満足そうに、頬をさする雫。俺たち兄妹は少し高めのレストランから出て、サイン会が開かれる書店に向かっていた。

「あのお店、結構高そうだったけど、大丈夫なの……？」

「大丈夫だ。お兄ちゃんアルバイト頑張ってるからな」

たしかに学生には少しどころか結構高めのレストランだったけど、印税やらなんやらの収入をすべて貯金している俺に払えない額ではなかった。

「そう……いつもわがまま言ってるのに、ごめんね……」

申し訳なさそうに呟く雫。催眠術をかけている手前俺にお金を使わせたのが少し後ろめたいのだろう。

「雫、ご飯、うまかったか？」

「え……？　美味しかったけど……」

「なら気にすんな。妹が兄貴にわがまま言ったり甘えるのは当たり前なんだよ」

「……そっか。……ありがとう」

妹は恥ずかしそうに笑みを浮かべた。たとえ催眠術がかかっていなかったとしても、俺は雫に誘われればこれくらいのことはしただろう。数週間前までは一緒に出かけるなんて想像できなかった妹との久々の外出。兄として、嬉しくないわけがない。

「ねぇ、手、つないでいい？」

前髪で目元を隠しながら、雫は恥ずかしそうに小さな手を差し出す。

「あぁ、いいぞ」

そんな小さな手を、壊さないようにそっと握った。

「あの……その……私、カタイモのファンだし、サイン会行きたいと思ってるけど……べ、べつに浮気とかそういうのじゃないから……」

サイン会が開催される書店が近づいてきたからか、妹は先週から何度聞いたかわからないセリフをぼそぼそっと言う。

「おう、わかってるぞ。雫はお兄ちゃんが大好きだもんな！」

「ちょ！　調子に乗らないで！」

「じゃあ嫌いなのか？」

「……嫌いじゃないけど」

人目があるからか、デレデレになりきらず少しだけツンが垣間見える。

雫が人目を意識しているこの状態なら予定通り、二週間前から煮詰めていた作戦を遂行できそうだ……。

「いでっ！　いでででっ！」

「ど！　どうしたのお兄ちゃん!?」

嘘が見抜かれないように最新の注意を払いながら、ずっと練習していた『一般男性腹痛シーン』を演じる。

「や、やべぇ！　今世紀最大級の腹痛だ……っ！　今すぐトイレに行かないと大惨事になってしまう……！」

そう……今日はただの義妹と遊びに来たわけじゃない！　義妹デートとサイン会のダブルブッキング！　今まさに、人生最大級の修羅場！

その修羅場を乗り越えられるかどうか、その瀬戸際が今なのだ！

「大変！　たしかあっちにトイレが！」

「うっ、ごめん雫！　先にサイン会に行っててくれ……！　お兄ちゃんおトイレ行ってくるから……っ！」

我ながら迫真の演技だ！　これなら雫も信じるはず！　作戦を遂行するためには、まずは雫と離れなければいけない。最低でも二十分は時間が欲しい。お腹が痛すぎる一般男性を演じながら、俺は雫が指差したトイレに向かい、勢いよく個室に飛び込んだ。

「ふぅ……っ」

よし、これで二十分は時間を稼げるはずだ……あとはしれっとサイン会に潜り込めば……。

ん……？

「雫さん？　なんでおトイレについてきてるの？」

物凄い勢いで個室に入ったはずなのに、個室の中、目の前には、何やら恥ずかしそうにもじもじしている雫がいた。いや恥ずかしいのは俺なんですけど。

「……お兄ちゃん、死ぬほどつらそうだったから」

「う、うん、お兄ちゃんお腹痛いけど……でも流石に妹の目の前で用を足せるほどメンタル図太くないかなって……あとここ男子トイレだし……」

「……知ってるけど？」

「いやいやいや、知ってるなら尚更入ってきちゃダメだよね？」

「…………お兄ちゃんが心配なの」

えっ。まったく引かないんですけど？　俺の義妹って、まさかそういうプレイが好きなの……？

「お兄ちゃん、今からおトイレするんだよ？　ばっちぃんですよ？　だから先にサイン会行ってて欲しいなって」

「…………大丈夫、優しく見守るだけだから」

「優しく見守るだけならサイン会行ってどうぞ……っ！」

「わがまま言わないでっ！　お兄ちゃんのバカっ！」

「えっ……っ！　俺なんで今怒られたの!?」

どうしても俺のおトイレシーンを見ようと、何故かスマホまで取り出す雫。

ま、まずい……！　おトイレシーンを撮影されるのももちろんやばいけど、これ以上サイン会までの猶予がなくなるのはもっとやばい……っ！

「雫！　れ、冷静になるんだっ！　……お兄ちゃんのおトイレと、市野先生のサイン会……どっちが大事なんだ！？」

俺の問いかけに対して、雫は歯を食いしばりながら。

「くっ……究極の選択ね……っ！」

と、悔しそうにそう言った。自分の妹ながら頭おかしすぎる回答である。だがしかし、ここであきらめれば修羅場不可避によるバッドエンドが待ち受けている。説得をやめるわけにはいかない！

「いいか雫……よく聞くんだ。お兄ちゃんのおトイレは週に七回以上ある。けれど市野先生のサイン会はどうだ？　週に七回以上あるのか……⁉」

「た、たしかに……このチャンスを逃せば市野先生のサイン本と後日談冊子は手に入らない……っ！」

変態なりにイベントの希少性は理解できるらしい。流石にサイン会より俺の脱○シーンのほうを優先したら、腕の良い精神科医を雫に紹介するところだった。

「イベントの希少性を鑑《かんが》みて、お兄ちゃんのおトイレ観察はまた今度にしてもいいんじゃないか……？」

「くっ！　苦渋の決断だけど……ここはサイン会を優先するわ……っ！　苦渋の決断だけど……っ！」

二回も言わなくていいんだよ……頼むから早くトイレから出て行ってくれっ！

「お兄ちゃん嬉しいよ……！　妹がお兄ちゃんのおトイレより、ちゃんと好きな作品のサイン会を優先できる子で、本当に安心したよ……っ！」

「本当にしんどくなったら、ちゃんと電話するのよ！　二秒で来るから！　わかった!?」

「お、おう！　ありがとな！」

名残惜しそうに、トイレを後にする雫。俺は彼女が確実にトイレから出て行ったことを音で確認して、すぐさま背負っていたバッグから道具を取り出す。

若干イレギュラーはあったけど概《おおむ》ね予定通り……吉沢さんと約束している集合時間まで残り十五分……間に合わせるしかない……っ！

＊　＊　＊

呼吸を荒げながら、俺はサイン会予定の書店、その裏口からスタッフルームへと駆け込む。

「お、お待たせしました！」

スタッフルームには、担当の吉沢さんと、もう一人編集者さん、そして二人の書店員さんが机に座って何やら打ち合わせをしている最中だった。数人は、目を丸くして俺のほうを見つめている。

「市野先生、少しこちらへ」

「あ、はい」

吉沢さんに腕を掴まれて、ロッカールームに連れ込まれる。

「……一つ質問してよろしいですか？」

愚物を見るような目つきで、俺をにらみつけながら、彼女はそう言った。俺は曇りなき眼で返事をする。

「はい？　なんでしょう？」

「市野先生の性別は、男、でよろしかったですよね？」

「え？　もちろんそうですけど」

「ではなぜ、今日は髪の毛が腰まであるんですか？」

「うーん、成長期？」

「なるほど、では、そのフリフリスカートのワンピースは？」

「……趣味です」

「……市野先生は、髪の毛をウィッグで伸ばし、可愛らしいワンピースをきて、人生初めてのサイン会に出る……ということでよろしいですか？」

「はい」

そう、俺の作戦とは……っ！

お兄ちゃんがお姉ちゃんになれば流石のブラコン義妹でも気付けないよねっ！

だっ!!

「…………笑うなら笑えよ……っ！　でもこうでもしなきゃ俺の命が……っ！　命が

……っ！」

俺自身、とんでもなく頭のおかしいことをしているのは理解している。それでも引くわけにはいかないのだ。引けばバレる！　バレれば終わる！　全てがっ！

「女装しなきゃ命が危ぶまれる状況って、どんな状況ですか？」

眉間にしわを寄せ、にらみレベルを数段引き上げ、吉沢さんは俺に問う。

「そ、それは……言えませんっ」

答えた瞬間、胸ぐらを掴まれてロッカーに叩きつけられた。

「ひいっ！」

「……言え。言わなきゃ潰すぞ？」

膝をチラつかせる吉沢さん。主語がなくてもわかる……！　何を潰そうとしているかわかる……っ！

「吉沢さんっ！　お、落ち着いてくださいっ！」

「……私イチオシの新人作家が、初の晴れ舞台で女装してきたんですよ？　落ち着いていられると思いますか？」

「くっ……何も反論できねぇっ！」

しかし！　正論をぶつけられようとも話すわけにはいかないっ！

この吉沢という女は、俺の今の状況を知れば是が非でも作品に取り入れようとする頭のおかしい編集者。

毎日死ね死ね言ってくる義妹が、俺が寝ている隙に催眠術で惚れさせようとしてきたなんて、いかにも吉沢さんが好きそうなネタだ！　言うわけにはいかないっ！　絶対に！　俺のメンタルのためにも……っ！

「……私、キックボクシングやってるんです。若い女性の間で人気なんですよね。ほら、エクササイズにもなるし、ストレス発散になるし」

「なるほど……ちなみに得意な技は？」

「跳び膝蹴り」

「話します。話しますからその手をはなしてください」

ロッカールームで、俺は吉沢さんに事の顚末を、簡潔に話した。

静かなロッカールームに、吉沢さんのキャラに合わない、可愛らしい笑い声が響く。

「……っ……ふふっ……！」

「ちょ！　何笑ってるんですか……！」

「だ、だって、毎日死ね死ね言ってくる義妹が、あなたみたいな冴えない男子高校生を催眠術で惚れさせようとするなんて、これを笑わずして一体何を笑えっていうんですか……っ！　ぶふっ……！」

「お、お前人間じゃねぇっ！（タ○シ風）」

吉沢さんがここまで笑っている姿を俺は初めて見た気がする。俺の作品を読んだときはクスリとも笑わないくせに。マジで一発、助走をつけてぶん殴ってやりたい。

「俺にとっては本当に人生最大の危機なんですよ！　催眠術にかかったフリをしないといけないし、義妹は俺の義妹小説の狂信者だし、サイン会ダブルブッキングだし、もう女装するしか俺が生きるルートは残ってなかったんです！」

涙まじりにそう語る。俺だってわかってる。自分がやっていることの異常性くらい。けれど、どうしようもなかったのだ。普通じゃない苦難を乗り越えるためには、普通じゃいられなかったのだ。

「市野先生が女装している理由は理解しました。つまりは、市野先生に催眠術をかけている……かかっていると思い込んでいるカタイモ狂信者義妹が、サイン会に来るので、何とか女装して乗り越えようと、そういうことでよろしいですか？」

吉沢さんは、笑いをこらえながらそう言う。

「平たく言えば、そうなりますね」

「わかりました。協力しましょう」

「えっ……？」

「市野先生が、その義妹に正体がバレないよう、協力してあげるって言ったんです」

「あ、ありがとうございますっ！」

「お礼はいりません。こんなに面白そうなイベン……いえ、市野先生が窮地《きゅうち》に陥っているのです、担当として助けないわけにはいきません」

ん？　今こいつイベントって言いかけなかった？

「まずは……そうですね。市野先生、そこのイスに座ってください」

「あ、はい」

吉沢さんに、少し古めのパイプ椅子に座らされる。

「動かないでくださいね」

キツい印象を受けるほど整った顔が、ゆっくり近づいてくる。

「えっ！　ちょっ！　吉沢さんっ、こんなところでっ！」

「……何勘違いしてるんですか、メイクするだけですよ」

「めいく？」

「あなたまさか、スッピンのままサイン会に出るつもりだったんですか？」

「もちろん」

「その逆に強いメンタルなんなんですか……」

吉沢さんは、何やら若干ねとっとした水みたいなのを俺の顔面に素手で塗り込む。

「私がメイクすれば、市野さんみたいなゾンビ顔でもある程度マシにできますから、安心してください」

「吉沢さんって、いちいち人を傷つけなきゃ死ぬ呪いでもかかってるんですか？」

俺の担当編集は、どこからともなく持ってきた化粧ポーチからテキパキ不思議アイテムを取り出す。

「さぁ、十分で終わらせますよ」

＊＊＊

「す……すげぇっ……！」

いつも腐り切っているはずの瞳はパッチリ二重に。乾ききった唇はぷっくりしとしとに。血色の悪い肌は淡いピンク色に。鏡の前には、雫やりんこにも負けず劣らずの美少女がいた。

「ふぅ、予想以上に良い出来栄えですね」

「ありがとうございます吉沢さん！　これなら絶対雫にバレません！」

「ちょっと市野先生、声が流石に低すぎます。これじゃあその見た目が台無しです。もう少しどうにかならないんですか」

「あ〜、ちょっと待ってくださいね。けほんこほん」

喉仏をあげて、声を作る。

「あっ、あ〜っ。こ、こんな感じでどうですかぁ？」

「……少しウザいですけど、まぁ及第点です」

「良かったですぅ〜」

「そろそろサイン会の時間です。さぁ行きますよ」

「はぃ〜」

ロッカールームを出て、サイン会会場に向かう。

セパレートで区切られた一室。その一室には簡易的な机、そして壁には『カタイモ完結記念市野蒼人《あおと》先生サイン会』と、大きな垂れ幕がかかっていた。

「け、結構本格的ですね……」

「当たり前でしょう。私が一から企画したんですから」

「なんだか緊張してきました」

「そりゃそうでしょうね。なんせいつもと性別が違うんですから」

「今更ですけど、なんで俺は自分の晴れ舞台に女装決め込んでるんですかね」

「いや私が聞きたいですよ。ブチ殺しますよ？」

「えっ、あっ、すんません」

とりとめのないやりとりをしながら、俺は用意された席に座る。

ふぅ……落ち着け。声さえ荒げなければ、俺の性別はバレないはずだ。

大事なのは平常心。雫と遭遇するまで心を落ち着け、可愛らしい女の子として振る舞わなければいけない。

「安心してください。サイン会は私がとなりでサポートしますので」

「よ……吉沢さんっ」

いつもは俺を傷つけることしかしない悪魔編集も、今回ばかりは俺に同情したのか、背中を優しくさすりながらそんな優しい言葉をかけてくれた。

「というか、こんな面白いシチュエーション、間近で見なければ損ですよね」

前言撤回。やっぱこいつ極悪人だわ。大魔王系編集者だわ。

「さぁ、サイン会の始まりです。ちゃんと声をつくってくださいね。あ、それと、義妹がやってきたら私の足を軽く蹴ってください。それとなくフォローするので」

「わ、わかりました」

セパレートの先にいるスタッフの方が、合図を受け取り誘導を開始する。や、やべぇ……まじで緊張してきた……っ！　心臓に手を当てなくても、耳まで聴こえてくる鼓動。俺は今まで、一切顔出ししてこなかった。それが今、初めて、ファンの前に顔（女装）を晒すのだ。とにかく、平常心を失っちゃダメだ。笑顔を崩さず、ありがとうとファンの方に伝え、そしてカタイモの最終巻にサインをして、それで終わりだ！　女装というイレギュラーはあるものの、この場に来てくださった方々は何年も俺の作品を応援してくださった、本当に大切にしなきゃいけない人たちなんだ。

精一杯！　笑顔でおもてなししなければいけない！

「それでは！　カタイモ完結記念！　市野先生サイン会を開始します！」

パチパチと鳴り響く拍手の中、一人目のファンがセパレートの先からやってくる。俺は、満面の笑みでお辞儀をしながら、

「こんにちは！　今日は私のサイン会にお越しくださりありがとうございますっ！」

と、声を作って元気に言った。よし！　出だしは順調だ！　可愛らしい声と仕草、今の俺は紛れもなく女の子！

そう確信して、おじぎを解いてファンの方に向き直る。

「えっ……」

瞬間。戦慄。

「……あ、あれ？　市野先生って女の子……だったんですね……」

聞き覚えのある声。見覚えのある顔。

俺の目の前に、カタイモを持って不思議そうな顔をして立っているのは、ただのファンじゃない。

四六時中一緒にいる幼馴染、りんこだった。

なんでお前が俺のサイン会に来てるんだよぉ……っ！

脳内で駆け回る疑問を噛み殺して、俺は笑顔を崩さないように必死に口角をあげていた。

額からジワリと滲む汗。

俺はワンピースの裾をきゅっと握る。

「そ、そうなんですよぉ～っ、よく男の子と間違われるんですよねぇ～っ」

何年も前から付き合いのある幼馴染とバッタリ出くわし、平常心を保つという決意は問答無用で粉微塵になる。

たしかにりんこは漫画やアニメ、そしてライトノベルも大好きなオタク女子。

けれど、彼女が好きなジャンルはラブコメの中でも幼馴染みモノに限定される。

義妹モノは読みはするけどあまり好感触を抱いていないはずだ。

だいぶ前に、それとなーく自分の書いた本をすすめて読んでもらったことがあるけれど『この作者の文章や演出は大好きだけど、ヒロインが義妹なのがあまり好きじゃない』と、一刀両断されたくらいだ。

それなのに……なんでお前がここにいるんだよ……っ！

なるべくりんこに顔が見えないよう、前髪を前に垂らしてうつむく。

と、とにかく！　バレれば一生消えない変態の烙印《らくいん》を押される！

今は息を殺して、このカオスな状況を乗り越えるしかない！

「あ、あの……その……」

「……んぅ？」

りんこは俺の顔をじっとみつめて、むむ～っ？　と、唸っている。この反応。おそらくまだ俺の正体に気付いていない。……そりゃそうか。まさかラノベ作家のサイン会で女装している幼馴染に出くわすなんて思いもしないもんな。なら、まだチャンスは十分にあるッ！

「本。サインしますね」

「あ、はい。すみません」

できるだけ自然な笑顔を浮かべながら、りんこが持っている本を受け取る。よし……！　このままパパっとサインを済ませて、真心込めて見送れば、何事もなくりんことのイベントは終了する！　前髪で顔を隠しつつ、スラスラ～っと、自著にサインをする。

「あの、ひとつ質問してもいいですか？」

「へあっ⁉　な、なんでしょう？」

質問というセリフに、体が硬直する。なんだ質問って⁉　まさか正体がバレたのか⁉　い、いや、正体に感づいているのであればわざわざ質問なんてしないはずだ。質問をするということは、つまりはまだ疑っている段階だということ。確信には至っていないということ……！

落ち着け！　どんな質問がきても、落ち着いて返答すれば絶対にバレない！

俺は今、吉沢さんのメイクによって可愛らしい黒髪清楚な女の子になっているのだからッ！

（狂気）

さぁ来いりんこっ！　どんな質問でもまったく動揺せず答えてみせるっ！

「市野先生って、とっても可愛い義妹がいたりするんですか？」

いやピンポイントでどギツイ質問きたぁーッ！　いやもうこれバレてるよね⁉　１００％バレてるよね⁉

滝のように汗をかいていると、隣に座っている吉沢さんが俺の膝を小突く。

「先生質問に答えてあげてください。ほら、ファンは気になるんですよ。作品が実体験に基づいたものなのかどうか」

「……あ、あぁ～なるほど。そういうやつですか」

あ、焦ったぁ～。たしかに冷静に考えてみれば、ファンが作者である俺に対してそう言った質問を投げかけるのはごく自然なことのように感じる。

俺の自著は義妹モノだ。そこに登場するストーリーやキャラクターが事実を基に、あるいはベースにして作られたモノなのかどうか、ファンなら気になるところなのだろう。

「え、えっとぉ～」

ここで素直に、義妹がいます。と、答えるのもなんかアレだしなぁ。

「私、一人っ子ですぅ～」

女の子っぽい声を喉から捻り出しながらそう答える。よし……このままの流れでいけば、どうにか誤魔化せそうだ。前髪の隙間から、りんこの様子を窺う。

「ふーん。なるほど。そういう状況なんだね」

彼女はあごに手を当てて、さながら名探偵のようにそう呟いていた。ば、バレてないんだよね……？

「あのぉ……サインかけましたぁ」

サイン会に来てくださった方々はまだまだいらっしゃる。サイン本を渡せばりんこも帰らざるを得ないはずだ。

サイン本を両手で持って、丁寧に渡すと、予想通りりんこは柔らかい笑みを浮かべながら出口に向かう。

「……長々とすみません。それでは市野先生、またお会いしましょうね」

ま、また？　不思議な一言に若干違和感を覚えつつ、俺は引きつった笑みを浮かべて、りんこを見送った。

「……はぁ、ど、どうにかなったな」

「市野先生、先ほどの方とお知り合いなんですか？」

吉沢さんは、すこし眉間にしわを寄せながら、そう言う。ん？　すこし機嫌が悪い……？

「し、知り合いも何も、幼馴染みですよ……。俺がラノベ書いてるってことは一度も言ってないんですけど、何故か出くわしちゃいましたね……」

「えっ」

いつも冷静沈着で、あまり顔色を変えない吉沢さんは、半ば呆気にとられたようなそんな珍しい表情をしていた。

「吉沢さん？　どうしたんですか？」

「い、いえっ……なっ、なんでもありません……っ……ぶふっ」

「えっ？　何笑ってるんですか？」

「なんでもありませんってば！」

鬼の編集だと恐れられている彼女も、今日ばかりは笑ったり怒ったりと忙しい。まぁそりゃそうか、担当している作家が女装してサイン会に出てるんだもんな、当たり前か。

「次の人入りまーす」

スタッフの方の合図を聞いて、すぐさま笑顔をつくる。予想外の出来事はあったけど、最も重要なのはここから……！　毎日毎日、催眠術をかけてくるソフトM義妹を、どうにかして欺かなければいけないのだ……！　俺はより一層気を引き締めて、サイン会に来てくださったファンの方を笑顔でお出迎えした。

＊＊＊

「ありがとうございましたぁ～」

猫撫で声で感謝の気持ちを伝えつつ、サイン会に来てくださったファンの方を見送る。

サイン会が始まってから結構時間がたつけれど、雫は未だ現れない。

「本当に来るんですか……？」

怪訝そうな顔をして、吉沢さんは俺を横目でにらむ。

冷静に考えれば、俺みたいな冴えない男子高校生を催眠術で惚れさせせようとする美少女義妹なんて、創作上でもご都合主義すぎて避けるレベルの希少種ヒロイン。

サイン会に来てくださったファンの方々が次々と満足そうに帰っていき、次がおそらく最後の方になるであろうこの状況で、吉沢さんも少し不安になったのだろう。

本当に、そんな拗らせ催眠ヒロインが実在するのか……と。

「安心してください。来ます」

残念ながら、本当に、本っ当に残念ながら……実在してしまうのだ。

「次の方、最後になりまーす」

スタッフの方が、セパレートの隙間からそう言う。

雫は、俺の義妹は、こういった期待（悪いほうの）は１００％裏切らない……！

うつむきながら、前髪で顔を隠しつつ、上目遣いでセパレートの先を見つめる。

奴は必ずくるッ！

カツ、カツ、カツと、聞き覚えのあるヒールの音が聞こえた。

「……っ」

目を丸くし、息を飲む吉沢さん。その反応も仕方ないだろう。

セパレートの先から現れたのは、今世紀最大の美少女と言っても過言ではない俺の義妹。

艶やかな黒髪に整った顔立ち、スタイルからファッションまで何もかもが完璧。

あまりに綺麗すぎて、整いすぎて、若干キツイ印象を受けるくらいだ。

「吉沢さん、奴が俺の義妹です」

吉沢さんの細い脚を膝で小突きながら、小声でそう言う。

「妄想は大概にしなさい」

「いや本当ですから」

一欠片の淀みもなく俺の言葉を一刀両断した吉沢さん。まぁ普通は信じられないよな……。

いままでサイン会に来てくださったファンの方々のほとんどは、二十代後半から三十代前半あたりの男性だった。急にうら若き女子高校生が、それもとびきりの美少女が現れれば、疑いもする。

簡易的に区切られた俺のいるスペースに、まるでパリコレのように華麗に歩きながら、雫はやってくる。高鳴る心臓。手をあてなくても、鼓動の音が聞こえる。

「……っ」

弱気になれば普段の仕草が出てしまう。少しでも隙ができれば、雫はそれを目ざとく見つけて俺の正体を見破るだろう。

見破られれば、看破されれば、その先に待ち受けている地獄のような責め苦は容易に想像できる。

今の俺は、美少女ラノベ作家……。

そう脳味噌に言い聞かせて、ウィッグの先からつま先まで、神経を研ぎ澄ませた。

今まで書いてきた俺のラブコメヒロイン達よ……俺の体に顕現《けんげん》せよ……っ！

「こ、こんにちわぁ〜、今日は私のサイン会に来てくださってありがとぉございますぅ〜」

俺は細心の注意を払いつつ、声をかえて挨拶をぶちかました。柔らかな笑顔、可愛らしい声音、愛らしく小首を傾げるのも忘れない。控えめに言って完の璧。今の俺はどこからどう見ても、美少女ラノベ作家だった。

「……」

そんな擬態完璧な俺を、無言で見つめる雫。……彼女がどういう反応をするかまったく予測できない。

どんな態度をとられても、表情を崩すことだけは避けなければいけない。俺はより一層気を引き締めて、笑顔をつくる。

「あ、あの……サインするので本を……」

そろそろと手を伸ばし、雫が大事そうに胸に抱えている本を受け取ろうとする。

けれど雫は依然、宝石のような瞳を丸くしてこちらを見つめるばかりである。

「におい」

「……へっ？」

「においがする」

「……」

いきなり口を開いたと思えば、何やらよくわからんセリフを吐き散らかす義妹。

におい？　どういうことだ？

セパレートに区切られたこの一室は、書籍の新しい匂いがするくらいで、別に特別な匂いはしない。

「えっと、どういうことですかぁ？」

ここで質問して話を広げるのは少々リスクが高いけれど仕方がない。無理にサイン本を奪い取り雫を早く帰そうとすれば、逆に怪しまれてしまう。いま俺がしなければいけない動きは、完璧に美少女ラノベ作家を演じきること。普通に、自然に、振る舞うこと、ただそれだけなのだ。

そんなマリアナ海溝並みに深い意図のある俺の質問を雫は無言で聞きつつ、ツカツカと俺の方までやってくる。

次の瞬間、彼女は俺のワンピースの襟元を掴んで、首筋に鼻をあてた。

「えっ、ちょっ⁉」

「動かないで」

身体中に走る緊張。あまりに自然な動きだったため、隣にいる吉沢さんも呆気にとられていた。スンスンと、鼻を鳴らす音を立てる雫。そして。

「あなたから、お兄ちゃんと同じにおいがする」

と、瞳を暗くしながら、背筋が凍るようなそんなセリフを呟いた。

匂い……⁉　そんなのアリかよ……ッ！

女装に関しては吉沢さんにお墨付きを貰えるくらいに高レベル。しかし、匂いに関してはどうだ？

自分の匂いに関してまったくわからないけど、おそらく微かに化粧品の香りがするくらいでほとんど体臭は変わっていないはずだ。その針の穴のような小さな隙を、雫に突かれた。

いやでも普通ありえねぇだろ……っ！

雫の立っていた場所から俺が座っている長机まで、二メートル以上離れていた。

そんな遠い距離で、匂いを判別するなんてあり得るのか……⁉

「ねぇ……なんでアナタからお兄ちゃんの匂いがするの？　答えてよ……」

瞳のハイライトをキャストオフして、雫さんは呟く。

彼女がどこからともなく取り出した高回転ホールソーは、どこかに穴をブチ開けないと気が済まないとばかりに毎秒三千回転の勢いを維持しつつギュインギュインと鳴き声を上げていた。

これはもうダメかもわからんね（暗黒微笑）。

雫の人外級の嗅覚は予想外とはいえ、とにかく今ここにある事実は、匂いを嗅ぐというたったそれだけの行為で俺の入念に準備した女装はあっけなく見破られたということだけなのだ。

終わった……。

俺の脳内は、その四文字で埋め尽くされる。正体がバレてしまった今、もう言い逃れはできない。

俺は一生……自分のサイン会に女装して出演する変態という烙印を押されて生きるしかないのだ……。

これから巻き起こるであろう催眠受難に絶望していると、吉沢さんが静かに口を開く。

「貴方はもしかして、市ヶ谷くんの妹さんですか？」

「……そうよ」

吉沢さんを、にらみつける雫。ボツを食らわすたびに精神がギリギリ壊れない程度の毒舌を浴びせる人の心がない大魔王系編集者と、実の兄を催眠術で惚れさせようとするパイルバンカー系義妹の大怪獣バトル開幕。控えめに言って今すぐ避難したい。

「まさか貴方がカタイモのファンだとは、世の中わからないものですね」

「……そんなことどうでもいいの。早くこのメスからお兄ちゃんの匂いがする理由を説明しなさい」

「バレてしまっては仕方ありません。そうせかさずともきっちり説明しますよ」

致命傷クラスの急所を俺達は突かれたにもかかわらず、吉沢さんは自信満々な様子だ。

……まさか！　ここから大逆転を狙う術があるというのか……!?

俺はこくりと喉を鳴らして、人を騙して意のままに操るという点ではとてつもない有能っぷりを発揮する編集者を見つめる。

「そう……貴方のお察しの通り。ここにいる市野先生は、貴方の兄である市ヶ谷碧人くんとかなり濃い関係です」

「おいちょっと待て何言ってんだ」

「やっぱりそうなんだ……」

「えっ……あっ。……えっ？」

頭のおかしいことを言う編集者に思わず素面でつっこんでしまった。けれど、そんな俺の様子を雫は完璧に無視して、間髪入れずに吉沢さんの自供を肯定する。

「お兄ちゃんがこの女に私を会わせようとしない理由……この女からお兄ちゃんの匂いがした理由……全部、そういうことだったのね……」

ぽつぽつと呟く催眠義妹。そのセリフによって、彼女の脳内に展開される見当違いも甚《はなは》だしい妄想の一端に、俺は触れた。

雫はおそらく、女装した俺を、女装していない俺の彼女か何かだと勘違いしているのだ。

「私がお兄ちゃんにかけた催眠術は『私のことをこれ以上ないくらい大好きになる』という暗示……つまり、私に嫌われるようなことは死んでも隠そうとする……浮気とか、浮気とか、浮気とか……ね？」

催眠術という絶対に秘密にしなきゃいけないことも呟いてしまう勢いでテンパっているパイルバンカー系義妹は、属性発揮のチャンスと言わんばかりに高速回転するホールソーを俺が座っている長机に押し付ける。

「ひいっ!?」

ギュイイイインッ！　と、大きな音をたてつつ木屑を巻き散らかしながら半径1．5センチの大穴を開けた。摩擦によって焦げたような匂いがサイン会会場を包む。異音によって駆けつけたスタッフを、吉沢さんは片手で止めつつ、そのまま口を開いた。

「……ふむ。雫さんはひとつ勘違いをしておられますね」

「勘違い……？」

「ええ。市野先生と市ヶ谷くんは濃い関係、それは否定しませんけど、別に肉体的な関係や恋愛関係があるわけではありません」

まったく淀みなく、吉沢さんは淡々と続けた。ここまで表情を変えず平気で嘘をつける人を俺は初めて見た。こわ。

「じゃあ、お兄ちゃんとこの女は一体どういう関係なのよ……？」

一呼吸おいて、さながら刑事ドラマのワンシーンのように、ドS編集者は言う。

「雫さんの兄、市ヶ谷碧人さんは……ここにいるカタイモの作者、市野先生の取材相手です」

「『へっ……？』」

俺と雫は、文字通り呆気にとられる。

「そうですよね、市野先生？」

「えっ……あっ……いっ⁉」

先ほどのセリフの意図に未だ気付けずおろおろしていると、つま先に激痛が走る。おそらくヒールか何かで思いっきり爪先を踏まれたのだ。吉沢さんの顔色を窺うと、天使のような笑みを浮かべてこちらを見つめていた。長机の下では俺の足を貫く勢いでヒールをグリグリしているにもかかわらずこの表情……地獄の悪鬼に負けず劣らずの所業である。マジで地獄に落ちてほしい。いや帰ってほしい。

「え、ええ、そうなんですよ……へへっ」

必死に作り笑いを浮かべてそう答えた。

「取材……？　一体どういうこと？」

「そのままの意味ですよ。カタイモの作者である市野先生は、自身の執筆活動のためにリアルに超美少女義妹を持つ市ヶ谷くんに取材をしていたのです。雫さん、貴方は学校に止まらず市内や県内で噂になるレベルで有名です。そんな貴方に義兄がいると風の噂で知った私たちは、市ヶ谷くんに取材すればもっとリアリティのある小説を生み出せると思った次第です」

吉沢さんのなつがいセリフを聞き入る雫。てかよくこんな作り話を速攻で思いつくよな。

「そ、それじゃあ……この聖書……いえ、カタイモに書かれているお話は、私とお兄ちゃんがモデルってこと……？」

「えぇそうです」

短時間かつ精巧に作り込まれた設定に、催眠義妹はほぼ完全に信じ込んでいる様子だった。

「何割くらい……？」

「ほぼすべてそうだと言ってもいいですね」

「じゃ、じゃあ！　作中のお兄ちゃんがお酒の入ったチョコレート食べて酔っぱらった時、義妹を好きすぎるあまり義妹のおぱんつを真水に浸して『みどりのしましまおぱんつと水……これが本当のグリーンティーか……』とか言って一気飲みしたのも……っ！」

「それも市ヶ谷くんの経験による描写ですね」

「ふぁっ!?」

想定外のメンタル攻撃に変な声が出てしまった。まずい……！　このままじゃ作中の変態描写をすべて現実の俺が妄想していたことにされてしまう……！

「いや吉沢さんそれはちょっと……」

「……」

無言で俺を見つめる吉沢さん。

「いいんですか？」

そして一言そう言った。この言葉の意味をわからないほど俺も鈍感じゃない。ここで取材という設定を否定すれば、もう雫を誤魔化すことはできないだろう。

つまり、吉沢さんはこう言いたいのだ。

『別に否定してもいいですけど、そのかわり貴方の女装は見破られ、ついでに催眠術にかかっていないことがバレてしまいますよ？（満面の笑み）』

「……そ、その通りです、私は市ヶ谷くんに取材をして、その経験談、妄想談を活かしてカタイモを執筆しました……っ」

前髪で大泣きしている顔を隠しつつ、俺はそう答えた。もう好きにしろ……っ！

生かさず殺さず、吉沢さんのいつものメンタルコントロールに、俺はもう諦めていた。

「作中のお兄ちゃんが義妹を好き過ぎるあまり義妹の使用済み歯ブラシを口に咥えるか散々迷った挙句、歯ブラシをお茶につけて飲み干すというまぁまぁグレーゾーンな選択をしたのも……っ！」

「市ヶ谷くんの経験談ですね」

「ぐはぁっ！」

「作中のお兄ちゃんが義妹を好き過ぎるあまり義妹に告白してきたヤンキーをフルボッコにしようとして逆にボコボコにされたシーンも……！」

「市ヶ谷くんの経験談ですね」

「あがあっ！」

「作中のお兄ちゃんが義妹を好き過ぎるあまり寝ている義妹のおふとんに潜り込んで髪の匂いをくんかくんかしたのも……っ！」

「市ヶ谷くんの経験談ですね」

「へぶぅっ！」

作中での主人公の奇行が、俺が現実で実際にしたことにされるという凄まじいメンタル攻撃に、俺の意識は朦朧《もうろう》としていた。もういっそのこと殺してくれ……っ！　これ以上は耐えられない……っ！

悲痛な面持ちで吉沢さんを見つめると、彼女はこれ以上ないくらいの満面の笑みを浮かべて、雫の言葉に相槌をうっていた。

俺にはわかる。このクソ編集、心の底から楽しんでやがる……っ！

「結論から言いますと、市野先生から市ヶ谷くんの匂いがしたのは、つい先ほども新作について打ち合わせしたからなんですよ」

「あ、だからお兄ちゃんはトイレに行くとか言って出てこなかったんですね」

「彼が今どういう状況かは知りませんが、兄として義妹に異常なレベルの愛を抱いていると雫さんに知られれば嫌われてしまうと思って言い出せなかったのでしょう。許してあげてください」

雫は、頬を真っ赤に染めてうつむく。

「そ、そういう理由で私の催眠に抗って、サイン会に行かせないよう駄々をこねたのね……ほ、ほんとにお兄ちゃんはシスコンなんだから……っ！」

小声で呟いた彼女のセリフを聞く限り、サイン会ダブルブッキングの乱はどうやら終戦に向かいそうだ。身バレも防いで、催眠術に抗ったことも理由付けされ、かつ、雫の好感度も下げない。俺のメンタルが著しく傷つけられたということをのぞけば、本当に理想的な展開だった。流石は大魔王系編集者吉沢。俺のメンタルへの攻撃も計画の内なら予想以上の効果を発揮しているぞ。マジで早く地獄に帰れ。

「あ、あの、騒いじゃってごめんなさい。そ、それと……私の兄でよければいつでも取材に使ってあげてくださいね」

すっかり機嫌を直した雫は、可愛らしくもじもじしながら本を俺に差し出した。

「はい……ありがとうございます……っ」

ものすごく複雑な気持ちで、本にスラスラとサインを書く。

軽くスキップしながらご機嫌な義妹は、女装した兄にまったく気づくことなく満面の笑みを浮かべて帰っていった。

＊　＊　＊

茜色に染まる空。地平線に沈まんとする太陽は、住宅街をとぼとぼ歩く俺と雫の背中をじわりと照らす。

雫がサイン本を受け取り会場を出た瞬間、俺はすぐさま控え室に戻り、メイクを落として駅前に戻った。それから妙に機嫌の良い雫と合流し、電車を少し乗り継いで、夕陽に照らされながら帰路についているという次第だ。

つつつ

「ねぇ……」

トイレから出てきた俺を終始無視していた雫は、人通りの少ない道に入った瞬間、ようやく口を開く。

「なんで、隠してたの？」

「……な、何のことだ？」

「市野先生の取材、もう知ってるんだから」

サイン会で吉沢さんに吹き込まれたホラ話を、どうやら彼女は完全に信じ切っているようだった。

ここでボロを出せばサイン会での七転八倒がすべて水の泡になってしまう……！

「……市野先生から聞いたのか？」

「うん。おにい……アンタが私との関係を先生に、取材で事細かに話してたこと、もう全部知ってる」

「……そうか。……ごめん」

俺は細心の注意を払って、雫の言葉を肯定した。

催眠術にかかったフリをはじめた当初より、だいぶ演技が上手くなったような気がする。

「……別にそれに関しては、謝らなくていい……。けど、私に嫌われたくないからって嘘をつくのはやめて。催眠術にかかっている間は、私のことを大好きなお兄ちゃんでいて、嘘も……なるべくつかないで……」

俺の上着の裾をキュッと握って、雫はボソッとそう呟いた。

「……わかった。ごめんな」

現在進行形で嘘をつき続けていることに、心が死ぬほど痛むけれど仕方がない。

催眠術にかかったフリがバレれば、雫は間違いなく俺の土手っ腹に風穴を開けるだろう。

それだけはなんとしてでも避けなければならないのだ……！

「そ、それにしても、アンタって本当にむっつりスケベよね！　カタイモに書いてあるようなことをずっと前から考えてたなんて……！　本当に変態、不潔だわ！」

いやお前だけには言われたくない！　そう言いたくなったけど、ギリギリで堪える。

「あ、あれはだな、若干脚色して市野先生に伝えているというか市野先生が大幅にギャグ寄りにしているというか……！」

「えっ……」

俺の言い訳を聞いた瞬間。雫の眉が、ハの字に下がる。

「……いえ、すべて僕が雫さんで妄想していたことです……」

濡れた子犬のような瞳に、俺は思わず嘘を重ねてしまった。

雫の表情は一瞬だけ真夏に咲く満開のひまわりのような笑顔に変わり、そしてすぐさま自分本来の属性を思い出して恥ずかしくなってしまったのか、眉をつりあげ、不機嫌っぽい表情に変わった。

「ふーん……アンタって、義妹のぱんつでお茶しちゃう変態だったんだ」

「い、いやアレは……！　す、すみません……！」

「いつから？」

「へ……？」

「……だから、いつからその……す、す…………。私のことをそんな劣情にまみれた視線で見つめるようになったの？」

すから始まる言葉を口にしづらかったのか、わかりやすくツンツンする雫。

ここで回答を間違えれば今まで必死に積み上げたものがすべて崩れ去ってしまう。

歯を食いしばり、恥辱に耐え、雫が求めているであろう言葉を吐き出す。

「し、雫と出会った時から……です……」

「っ！」

あ、穴があったら入りたい……っ！

劣情にまみれた視線は言い過ぎだけど、雫と出会った時、俺はこんなにも綺麗な人が地球上に存在するのか？　本当は妖精か何かじゃないのか？　と、本気で疑ったくらい彼女に見惚れていた。

その感情は、現在進行形。催眠術にかかったフリをしているけど、先ほどの告白まがいのセリフは、近からずとも遠からずといった具合なのだ。

湯気が出るくらい耳が熱い。俺は恥ずかしさを隠すために、少しだけ歩くスピードを速くする。

「…………」

雫のほうを肩越しに見つめた。彼女はうつむいて、自分の影をふみながらとぼとぼと歩いている。目を凝らすと、俺の耳と同じように、彼女の耳も真っ赤になっていた。

変態だとかシスコンだとか罵られると思ったけど、案外効いているのか……？

「……」

「……」

お互い無言のまま、オレンジ色に染まるアスファルトの上を歩く。

き、気まずい……。これならいっそのこと罵ってくれたほうが楽だ……！

家までまだ少し時間がある。

俺はどうこの場をつなごうか頭を悩ませていると、急に襟を引っ張られた。

「催眠術、解除する」

「えっ……？」

雫はそういうと、俺を強引に壁に押しつけて、瞳を見つめる。

「今日の出来事は、アンタは駅前に服を見に行ったついでにご飯を食べに行っただけ。私のことは一切覚えていない。わかった？」

「えっ、ちょっ!?」

パンッ！　と、大きな音が閑静な住宅街に響く。雫が俺の目の前で手を叩いたのだ。

その行動は、催眠術の終わりを告げるもの。催眠術中の行動のほとんどを忘れ、いつも通り険悪な兄妹関係に戻るという合図だ。

このタイミングで催眠術を終わらせる……？　いつもの雫なら、俺の恥ずかしいセリフを聞いてヒートアップし、催眠術にかこつけて何かしらのおねだりをするはずだ。

それなのに、何もしない。何もしないどころか、雫にとって特別な出来事であるはずの今日をなかったことにした。

俺にとっては忘れることができるなら忘れ去りたい黒歴史だけど、それはサイン会で正体がバレそうになった時だけであって、その前の雫との食事をしたり服を選んだりしたあの出来事は別だ。

俺は、楽しかったのだ。でも雫は、その思い出すらもなかったことにしようとしている。

「……」

無言で自宅のほうへ走る雫。

「……そりゃ嫌われるよな」

何を勘違いしていたんだ……俺は……。

普通に考えれば、雫は、兄から自分への劣情を事細かに記されたラノベを熟読していた。してしまっていたのだ。

普通に読めば主人公のコメディシーンだって、自分に向けられた劣情により生み出されたシーンだと知れば、気持ち悪いと思うに決まっている。

俺は、走り去る彼女の背中をぼーっと見つめることしかできなかった。

＊＊＊

雫の催眠術解除後、自販機によったりコンビニによったり、フラフラと時間を潰して、時刻が午後七時を回った頃。俺は玄関のドアノブを握ったまま、動けずにいた。

雫に恥ずかし過ぎるおねだりをされた時よりも、はるかに大きい精神的ダメージを俺は受けていた。

「はぁ……」

なんだかんだで楽しかったのかもしれない。毎日死ね死ね言ってくるはずの義妹が、俺のことを催眠術で惚れさせようとしてくるほど、好きでいてくれたこと。雫があの手この手を使って俺と距離を縮めようとしてくれたこと。隙間だらけだと思っていた家族の関係が、催眠術という突飛な出来事で、だんだん修復されていくような、そんなあたたかい時間が、俺は嫌いじゃなかったのだ。

「……」

サイン会での正体バレは回避したけど、おそらくサイン会ダブルブッキングイベントで、雫の俺への評価は大きく変貌した。

『ずっと前から、私のことをエロい目で見ていた義兄』

嫌われる。確実に、嫌われたに決まっている。兄からスケベな目で見られて喜ぶ義妹なんて存在するはずがない。

「……くそ」

無理やり脳内のネガティブなイメージを振り払う。いつまでも玄関前でうだうだ考えても仕方がない。俺はゆっくりと音を立てないよう家に入り、スリッパに履き替える。

「ん？」

磨りガラスから溢れる淡い光。

リビングに誰かいる。……誰かと言っても家には雫しかいないんだけど……。

ゆっくりとリビングのドアに手をかける。催眠術のせいで、俺はサイン会での出来事を忘れていることになっている。だから素直に謝ることさえできない。今雫と接触すれば、さらに関係が悪化してしまう可能性があるけど、それでも俺は彼女の顔色を窺わずにはいられなかった。

催眠術にかかっていない時でも、俺は雫と、家族として仲良くしたい。嫌われたに決まってるけど、それを理由に距離をとれば、俺達兄妹の距離はさらに広がってしまう。それだけは、なんとしてでも避けなければならない。

「……た、ただいまー」

意を決して、リビングに入る。

「……」

返答はなし。雫は、ソファーで雑誌を読んでいた。

「……っ!?」

いつもの関係に戻ってしまったと落胆しそうになった刹那、俺は信じられない光景を目にする。

ソファーに座って、雑誌を読んでいる雫。いつも通りの光景と言えばそうなんだけど、問題なのは雫の姿勢である。彼女は死ぬほど短いスカートを穿いて、太ももを少し開いているのだ。

そしてその際どい服装、姿勢により、淡いピンク色のおパンツが見えてしまっているのである。

「……っ」

困惑。ただひたすらに困惑した。雫はそんなにガードの緩い女の子じゃない。ずっと一緒に暮らしてきたけど、今の今まで俺は雫の下着を見たことがなかった。それほどまでに彼女はそういうことに関して徹底していたのだ。

だが今！　あまりにも無防備におパンツを晒している！　晒してしまっている！　俺は催眠術にかかっていないのに……！

「……」

雫の柔らかそうなふとももの間から、チラリとのぞく淡いピンク色のしましまおぱんつ。

そんな可愛らしいおぱんつを白昼の下に堂々と晒しながらも、毎日死ね死ね言ってくる義妹は無表情をキメ込んで雑誌を読み込んでいた。

そして訪れる静寂。

サイン会ダブルブッキングというスーパーハードなイベントを消化してすぐ、無表情おぱんつ晒しイベントという謎イベントが発生して、俺はもうどうしていいかわからなかった。脳が情報処理に失敗し、何もできず突っ立っていると、雫が口を開く。

「ねぇ、喉渇いた」

「へ……？」

「喉渇いたって言ってんの」

「え、あ、はい」

彼女は遠回しに飲み物を取ってこいと言っているのだろう。冷ややかな声音に冷静さを取り戻す俺。

雫の股間を確認すると、柔らかなふとももはくにゅりと形を変え、ぴっちりと閉じていた。

……し、雫もたまにはそういう無防備な瞬間があるのかもしれない。

たぶん俺は、その十年に一度くらいの珍しい瞬間に立ち会ってしまったのだろう。これ以上考えても正解はでなさそうなので、そう俺は結論づけた。

「オレンジジュースでいいか？」

「……あったかいミルク、砂糖入れて甘くして」

「りょーかい」

少し冷たいフローリングの上を歩き、キッチンに移動する。兄をこき使うパイルバンカー系義妹。……うん、いつも通りの日常だ。やはり先ほどのおぱんつは何かの間違い。一生に一度あるかないかのパンモロ事件だったようだ。

安心したぜ……！　まぁ当然だよな。催眠術にかかっていない状態で俺におぱんつを晒せるほど雫はむっつりスケベじゃないはずだ。

「はいよ、お待たせ」

俺は電子レンジで温めた砂糖入りのホットミルクを差し出す。彼女はその小さな手でマグカップを持ち、口に近づける。まったく、俺の義妹はミルクを飲む所作でさえ絵になるなぁ。

可愛らしくミルクに口をつけようとする雫を見てニンマリしていると、彼女はそんな俺の微笑ましい視線など無視して、驚くべき行動にうつる。

「えっ！　ちょっ！　何してんの!?」

雫はミルクを口につけず、わざとらしくそのまま胸にこぼしてしまったのだ。

「こぼれた」

「いや今の絶対にわざとだろ！」

飲みやすい温度にしていたとはいえ、ミルクはそれなりに熱かった。

雫の柔肌に火傷のあとでもつければ天国にいる彼女の両親に俺が呪い殺されてしまうのですぐさまタオルを取りに行く。新手の嫌がらせにしても危険すぎる！　火傷してしまったらどうする気だ!?　ここは心を鬼にして雫を叱らねば……！

そう固く決意して、雫のほうへ戻る。

「……っ！」

叱る。そう決意したはずの俺の心は、何やらピンク色の淡いモヤモヤに包まれる。俺の決意を鈍らせる。その要因は今、すぐ目の前にあった。

「……ねばねばする。ちょっとくさい」

白濁液（ミルク）にまみれ、何やら意味深なセリフを吐く義妹。

何故かはだけているシャツ。真っ白な肌。細い首筋。そしてチラリと見える下着。

白濁液《ミルク》は雫の小さな鎖骨のくぼみに溜まり、綺麗な胸の間をとろりと流れ、そして柔らかそうなふとももをしめらせる。いやただの牛乳だってことは理解はしている。理解はしているけれど、どうしようもないのだ。

男の本能が。俺のスケベラノベ作家脳が。彼女を汚す白濁《ミルク》を白濁（意味深）のほうへと脳内変換してしまうのである。

控えめに言ってエロい。エロがすぎる。エロすぎて逆にキレそう（錯乱）。

今のあられもない雫の姿をＳＮＳに載せようものならあまりのスケベ加減にファンが急増し、日本人口過半数を優に超え、雫は民主主義を尊ぶ日本において圧倒的なまでの票を獲得し、そして総理大臣にまで上り詰めてしまう。それくらいの魅力。圧倒的なまでの魅力があった。

エッチな総理大臣、アリだと思います。

「……っ」

選挙権を持たない十八歳以下には見せられないような雫の姿に、俺は文字通り呆気にとられていたのだ。

「どうしたの……はやくふきなさいよ」

「あっ、すまん」

無表情ながらも若干頬を赤くした雫に促され、綺麗な花に飛んでいく蜜蜂のごとく、俺はタオルを持ちながらじわりじわりと雫への距離をつめる。そして、ピトリと、タオルを当てた。

「ひゃんっ！」

「……っ！」

雫が火傷をしていたら冷さなければいけない。そう思い水に浸したタオル。それを雫の胸に押し付けた途端、彼女は可愛らしい嬌声をあげた。

「変な声だすなよ……！」

「し、仕方ないでしょっ！　アンタが変なところさわるからっ！」

「さわってねぇし!?　拭いただけだし!?」

「いいから早くしなさいよ！　バカっ！」

タオルをあてたくらいで声が出ちゃうほど敏感肌なら自分で拭けばいいのに……っ！

というかいつもの雫なら、催眠術に俺がかかっていない状態なら、そもそも飲み物を頼んだりしないし、俺に拭かせようともしないだろう。

困惑し、そして雫を見つめていると、凛と佇む彼女に、唯一違和感を覚える部分を見つけた。

「……っ」

旬を迎えた青森産のふじりんごのように、雫の耳はこれでもかというほど真っ赤になっていたのだ。

……まさか、恥ずかしがってる？　彼女は意図して、おぱんつを自ら晒し、牛乳をこぼし、そして俺に拭かせているのか……？

サイン会ダブルブッキングによりすったもんだし、自分の書いた主人公の性癖を押し付けられた俺。

雫はそれにより、催眠術をかけられるずっと前から俺に好意を抱かれていた（性的な意味で）と勘違いしている。

そして、サイン会後のおぱんつ晒しムーブ。白濁液まみれムーブ。材料が揃ったその瞬間、雷鳴の如き閃きが、脳内に轟《とどろ》く。

彼女はたぶん、催眠術にかかっていない状態の俺を、惚れさせようとしているのだ！

耳を真っ赤にするほど恥ずかしいのに、自分のおぱんつまで晒し、白濁液まみれになってまで！

「……っ！」

なんて健気な義妹。お兄ちゃんに好かれるために選んだ行動がおぱんつを晒し自ら白濁液をぶっかけるという変態行動じゃなければ感動のあまり泣いていたところだ。しかし。雫の気持ちは嬉しいけれど、俺たちは血が繋がっていないとはいえ兄妹。そういう一線は越えてはいけないのだ。エッチなのはいけないと思います……！

「……」

俺は大きく息を吐き、無表情に徹しながら雫の柔肌を拭いていく。依然彼女は甘い声をあげているが、ガン無視する。すまない雫……！　俺はお前の晒されたおぱんつｏｒ白濁にまみれた姿を見て無条件で興奮できるほど変態じゃないんだ……っ！（大嘘）

「……むぅ」

反応が鈍くなった俺を見て、彼女は何やら不満げな顔を浮かべる。

しょうがないだろ！　俺たちは兄妹なんだから！　脳内でそう叫びつつ、雫を拭き終える。

「さぁ、終わったぞ」

煩悩に打ち勝つため奥歯がぶち壊れる勢いで噛み締めつつ、そう言う。

胸、お腹と、濡れている部分はタオルで拭き取った。俺は勝ったのだ。義妹（白濁まみれ）の誘惑に……！

「まだ……終わってない」

「……へ？」

全部拭き終えたはず……。

そんな俺の疑問に対して、雫は行動で回答する。

「ほら……ここ、たくさん濡れてる……っ」

雫は、むっちりしたふとももを開いた。むわっと、熱気が漏れる。

白濁液に濡れ、雫の緊張からか温度が上がったふとももは、さながら東南アジアの密林ばりにむれむれになっていた。

おそらく絶対領域の湿度は９０％を超えているだろう。それはおぱんつも同様に、びしょびしょに濡れている。

俺が生成した白濁液（ミルク）で。

「……ど、どうしろと？　俺にどうしろと？」

声が震える。俺のセリフに対して、雫は少しだけ無表情を崩して。

「ふ、拭いてよ」

そう言った。

「自分で拭けよ……っ！」

「嫌よ！　アンタが使ったタオルを持つなんて！」

いやその言い訳は流石に苦しすぎるだろ！　と、ツッコミを入れたかったけどなんとか耐えた。今の俺は、雫に嫌われきっているいつも通りの兄を演じなければならないのだ。少しでも催眠術にかかっている時の俺がでてしまえば、感づかれてしまう！　催眠術にかかっていない状態の俺を誘惑し、手を出させようとする義妹と、兄妹の関係を大事にしたい俺。

こうして二人の、催眠術なしのえちえちチキンレースが始まってしまったのである。

# 4　毎日死ね死ね言ってくる義妹が、俺を馬鹿にするイケメン金髪リア充に引くぐらいブチぎれたんですけど……！

「…………っ」

春は一瞬で過ぎ去り、季節は五月の下旬。

まだ午前八時過ぎだというのに、ギラギラと照りつける太陽にうんざりしながら、俺は学校に向かっていた。

寝ている隙に義妹に催眠術をかけられそうになったり。催眠術にかかったフリをしなきゃいけなくなったり。義妹が俺の小説の熱狂的なファンだったり。サイン会とデートがダブルブッキングしたりと。

四月から本当にいろいろな出来事があった。

どれもこれもが胃に穴が開くレベルで重たいイベントだったけど、俺と義妹の関係はそれだけじゃ終わらず、さらに新たなフェーズへと移行している。

「……………」

「……………」

俺と雫は、朝日が眩しい通学路を無言でとぼとぼと歩いていた。

実を言うと、サイン会の日の夜に雫が俺の催眠術を解除してからは、一度も催眠術をかけられていない。

あれだけことあるごとに催眠術をかけて無理難題をふっかけてきたあの雫が、たったの一度もだ。

催眠術をかけられなくなったということだけを見れば良い兆候だと言えなくもないんだけど、あの雫がそれだけの変化で終わるはずもなく……。

「……なぁ雫。そんなにぴったりひっつかれて歩かれるとお兄ちゃん歩きづらいんだけど……」

「……は？」

「……な、なんでもないです」

催眠術をかけてこなくなったパイルバンカー系義妹は、俺の背中に自分の胸が当たるくらいぴったりくっついて、背後を歩いている。進行方向を変えようにも、たとえ止まっても、彼女は某RPGのNPCのように俺の後ろをついてくるのだ。

雫が俺に催眠術をかけなくなってからおよそ二週間ほど。彼女はこうして、催眠術なしでも俺と謎の肉体的接触を増やそうとしてくる不思議系義妹に変貌してしまった。

ある時は、俺がトイレで用を足しているところに入ってきたり（鍵をかけていたはずなのに何故か侵入された）。

ある時は、俺がシャワーを浴びている最中に浴室に入ってきたり（自分から入ってきたくせに顔を真っ赤にして変態と俺を罵りながら腹パンしてきやがった）。

またある時は、俺が階段を上がって自室に向かおうとする時に、狙ったように必ず上段を歩いたり（パンチラ不可避）。

とにかく、催眠術を使わなくなった途端に奇行が増えたのだ。

それもこれも、サイン会ダブルブッキングのせい。俺が書いた義妹小説の内容は、すべて俺自身の願望、妄想によるものだと雫が勘違いしたせいだ。

催眠術にかける以前から、自分に好意を寄せていた兄。催眠術がなくても、自分のことが大好きかもしれない兄。

そんな誤った情報を手に入れた雫は、シラフの俺に対して誘惑するような奇行を重ねるようになってしまったのだ。

「……」

「……」

通学路。ぴったり並んで歩く兄妹。傍から見ればマジでドラ◯ンクエストかファ◯ナルファンタジーなので正直言って誘惑できているかどうかは不明だ。

肩から雫のほうを見ると、彼女は若干してやったりな表情を浮かべていた。パンチラさせてみたり牛乳こぼしてみたりする誘惑ならわかるけど、こういう胸を押しつけてやったり的な誘惑は雫と相性が悪いのでは？　そんな悲しい現実を俺は心の中にしまって、雫の足を踏まないよう気をつけながら歩く。

「あ、あっくんに雫ちゃん。おはよ～」

聞き覚えのあるぽわぽわした声。幼馴染のりんこが、栗毛色の髪の毛を風に揺らしてこちらにやってくる。

「おう、おはよ」

そういえばこうして、りんことあいさつを交わすのも久しぶりな気がする。

「……」

軽く会釈した俺と、バッチバチに無視を決め込む雫。

「雫、あいさつはちゃんとしなきゃダメだぞ」

「……チッ」

少し注意すると、パイルバンカー系義妹は自分の属性を思い出したように激しく舌打ちをして、りんこをにらみつける。陽だまりのように微笑む幼馴染と、それ以上喋ればぶっ◯すと言わんばかりににらみつける義妹。

カフェの一件からずっとこの調子だ……。誰にでもウマの合わない人間はいる。けれど合わないからと言って相手を邪険に扱うのはよくない。社会に出れば学生生活とは比にならないほど理不尽な人間、ウマの合わない人間はいるのだ（吉沢さんとか）。

今のうちに雫には合わない相手とでもそれとなくコミュニケーションをとってほしいと、兄ながらに思うんだけど……。

「挨拶が遅れてごめんなさい。おはよう地味女。あまりに空気と同化しすぎてて存在に気づけなかったわ」

声に淀みはない。むしろ生き生きとりんこに攻撃する雫。さすがにこれはりんこに失礼だ。

雫を叱ろうと口を開いた。

その瞬間。雫の罵倒を受けてなお、終始笑顔だった幼馴染が信じられないことを呟く。

「あれ、今日は魔法は効いてないみたいだね」

「っ！」

幼馴染の鋭すぎる一言に、核心を突いた一言に、俺たち兄妹は戦慄する。

おそらく彼女は俺のわずかな挙動、言動で催眠術にかかっていないことを見抜いたのだ。いつもの催眠術にかかっている状態なら、俺は雫に注意したりしない。

少しでも反抗すれば催眠術にかかっていないんじゃないかと、疑われるからだ。

少しの違いを。空気の違いを。賢すぎる幼馴染は見抜いた。

催眠術という手法までは掴んでいないけれど、それを魔法という代替えの言葉で表現して、そして俺たちに何食わぬ顔で指摘してきた。俺と雫は思わず表情を少し歪める。

「へぇー。そんな顔するんだ」

終始笑顔。けれどりんこの瞳は、材料をひとつひとつ手に入れて答えへと着実に近づいているぞ。と、そう言っていた。話してさえいればそれだけで催眠術という俺を言いなりにさせる魔法を、タネを、見抜いてしまう。今の彼女にはそういう凄みがあった。

「クソ兄貴、来なさいっ！」

「ちょっ！」

雫は俺の首根っこを掴んで走り出す。りんことこれ以上接触すれば表情から何かいろいろなものを観察され、情報をとられることを恐れたのだ。

「ふふっ。逃げるってことはやっぱり図星なんだね……」

暗い笑みを浮かべるりんこ。小さく呟いたその一言を、俺は不思議と聞き取れた。

＊　＊　＊

「ちょっ！　雫っ！　息がっ！」

雫は俺の襟首を掴んで通学路を爆走、そして校門をくぐり、そのまま昇降口まで来てしまった。

りんこの姿がいないことを確認すると、雫は思い出したように俺への拘束を解いた。

「かはっ！　はぁ……はぁ……っ！」

マジで死ぬかと思った……。

乱れた襟元を直しつつ、呼吸を整える。雫も額に汗を浮かべて、顔を少しだけ歪めていた。

催眠術という秘密に刻々と迫るりんこ。焦らないわけがない。

雫のアドバンテージは、俺を言いなりにさせている手法を、りんこにバレていないということだけ。

りんこに催眠術のことがバレればおそらく彼女は俺が演技していることを見抜き、そしてそれを俺たちに突き付けるだろう。

そうすれば、俺と雫の関係は破綻する。

俺の嘘が雫にバレれば、言わずもがな俺のお腹に雫のホールソーによって風穴が開く。

雫の嘘、催眠術をかけて俺を言いなりにさせようとしていた。その事実が露呈《ろてい》すれば、雫は俺に嫌われたと思うか、もしくは良心の叱責により、俺と口を利かなくなる。

お互いの嘘がバレれば、催眠術でつながれた奇妙な関係は終わるのだ。

「……」

不安げな表情で、前髪に顔を隠す雫。

今の俺は催眠術にかかっていない。だから彼女を励ますことはできないし、味方をすることもできない。

もどかしい……。

俺は雫の催眠術のせいでいろいろと苦労した。それなのにこの関係を、催眠術がなくなることを恐れている。

相反する感情。それに名前をつけることを躊躇《ためら》っていると、雫は下駄箱からシューズを取り出し、履き替える。

「……雫」

思わず、名前を呼ぶ。

「…………」

彼女は少し悲しそうな顔をしながら、肩越しに俺を一瞬見つめて、そして教室のほうへと早足で歩いていった。

悲しげな表情の意図。想い。それを俺は知っているはずなのに何もできない。何かしようとすれば催眠術にかかっていないことがバレてしまう。

「……俺は、どうすりゃいいんだ……」

誰にも聞こえないような小声で、俺はそう呟く。

迷惑だったはずなのに。煩わしかったはずなのに。

催眠術という繋がりを俺は失いたくなかった。

喫茶店でりんこが言ったように、この関係は欺瞞《ぎまん》なのかもしれない。

それでも……たとえ嘘だとしても……。まったくコミュニケーションをとれなかった雫と、催眠術のおかげで繋がりができたのだ。

りんこの言い分も、雫の想いも、両方理解できる。だからこそ今後の身の振り方がわからない。

たしかに雫のためを思うのであれば、催眠術など効いていないと、そう言ってやるほうがいいのかもしれない。

痛みを突き付け、欺瞞の関係を終わらせる。嘘を終わらせ、本当を始める。

正しくあろうとし、そして実際にいつも正しいりんこはソレを望んでいる。

嘘で逃げるな。真実と向き合え。事実を捻じ曲げるな。事実と向き合え。

りんこの行動を鑑みれば、彼女がそう言いたいということは容易に想像できた。

確かに正しい。しかし正しすぎる。

雫は少年漫画の主人公でも、悲劇のヒロインでもない。ただの人。ただの女の子なのだ。

ただの人は、嘘もつくし間違いだって犯す、自分の利益のために他者を利用するし、そのくせ自分のことは棚にあげて被害者になればわめきたてる。それが人だ。

美しく造られすぎて、そして両親を他者の悪意によって奪われ、心を閉ざしてしまった、雫はただの女の子なのだ。

そんな人に、おとぎ話にしか存在しないような綺麗すぎる事実を、正義を押し付けることが本当に正しい行いなのか？　本当にそれが雫のためになるのか？

「…………」

考えても答えは出ない。

俺にできることは、ただ雫の言いなりになるだけ。催眠術にかかったフリをすることだけ。

いや……それも、雫との関係を悪化させたくないという俺のエゴなのかもしれない。

本当に雫のためを思うのであれば、嫌われてでも彼女のためを思い行動するべきなんじゃないのか。

同じ問答を、心の中で延々と繰り返す。

息苦しい……。まるで出口のない迷路に、思考の海に、迷っているようだった。

「おい」

うつむいていると、背後からドスの効いた声が聞こえる。

「……き、君は……」

「よう市ヶ谷くん。ちょっと顔かしてくんね？」

金髪ピアス。

どこから現れたのか、校則を無視したそんな頭髪の青年が俺の肩を掴む。

シリアスな空気を吹き飛ばしたイレギュラー。俺はその男子生徒に見覚えがあった。

速水《はやみず》……いつも俺を引くぐらいにらんでくるイケメンリア充……。

名前までは覚えていないけれど、もちろん良い印象はない。

「……て、手短に頼むよ」

薄ら笑いを浮かべて、金髪に肩を掴まれながら俺は人気のない校舎裏に連れて行かれた。

いつの間にか取り巻きが二、三人増えている。

胃が痛い……。りんこと雫の関係だけで手一杯だってのに……。

キリキリ痛む腹部を押さえる。金髪男子複数に、校舎裏に呼び出される。元号が変わった昨今、現実《リアル》ではなかなか遭遇しにくい出来事だけれど、俺、市ヶ谷碧人はそんな陰キャ男子御用達のスクールカースト最下層イベントに、多くの割合で巻き込まれがちだった。

理由は説明しなくてもわかるだろう。

義妹、市ヶ谷雫の存在だ。文字通り国宝級の美少女である雫の傍にいれば、彼女に惚れてしまった男子からそういった嫌がらせを多く受けるのだ。

嫌がらせは陰湿なものから今回のような直接的なものまで様々。ちなみに金髪男子に人気のない場所に連れていかれた回数は今回で八回目。美しさは罪。よく言ったものだ。雫の類まれなる容姿は、男性を狂気に駆り立て、女性を嫉妬の炎で焼き尽くす。

そしてそのしわ寄せは雫本人にはいかず、社会的弱者である俺に降りかかるのである。

「……」

……理不尽極まりない災難だけれど、雫の兄である以上甘んじて受け入れるしかない。

災難を回避すれば、この鬱憤《うっぷん》晴らしが雫本人のもとへ行くかもしれないからだ。

灰色の空の下。影が差す校舎裏で、いかにもな金髪男子達に囲まれる俺。

……さてと。ここは雫のお兄ちゃんとしてクールな頭脳プレイで切り抜けるかな。

俺は震える手（武者震い）をおさえて、乾いた唇を開く。

「お、お金ならありませんよ……？」

『君子危うきに近寄らず』そうことわざにもあるように、能力のあるものは、賢い人間は、争いを好まないのだ。

「金なんかいらねぇよ」

「ひっ……！」

金髪男子もとい速水は、勢いよく俺の胸ぐらをつかんだ。

鋭い眼光が、俺のどんよりした瞳に突き刺さる。やっぱ。死ぬほど怖いんですけど。

「お前最近、雫さんといつも一緒にいるよね？　なんなの？」

雫の名前が出た。やっぱりそうだよなぁ……。

諦めまじりのため息を吐こうとするけれど、速水の機嫌を損ねるわけにはいかないのでぐっとこらえる。

「いやまぁ……兄妹ですし……」

いくら仲が悪いと認知されていたとしても、俺と雫は兄妹なのだ。

催眠術という要素を抜いたとしても、接触回数はどうしても多くなってしまう。

「ふざけんなよッ！」

「っ！」

襟元を締める力が強くなる。今日俺首しめられすぎじゃね……っ!?

「兄妹!?　義理だろ!?　なんでお前みたいな陰キャに雫さんが構うんだよ！」

「い、いや。雫は俺のことなんてゴミ程度にしか思ってないですよ……!?」

「ゴミ程度に思っている人間を毎休み時間に連れてどっか行くのか？　あ!?」

嘘は通用しない。たしかに雫は、最近学校でも俺に接触するようになった。以前は学校どころか家でさえまともに会話していなかったのに、だ。雫の態度の変化の理由は、説明するまでもないだろう。

催眠術だ。催眠術というイレギュラーによって、雫の態度は日替わりでコロコロ変わり、良い意味でも悪い意味でも俺と接触が増えた。それを速水は快く思っていないんだろう。

俺の境遇（催眠術にかかったフリを続けなければいけないという状況）を知れば、こいつも貧血でぶっ倒れるレベルでドン引きするはず……。

しかし、伝えるわけにはいかない。速水に催眠術のことを話せば、噂は一夜で校内を駆け巡り、そして雫の耳に入るだろう。そうなれば終わり。

パイルバンカー系義妹に、半径二十センチの大穴を土手っ腹に開けられてしまう。

今俺にできることは速水の八つ当たりに無心で耐えることだけなのだ。

「顔も俺のほうがいいし、成績も、運動だって、俺のほうができるのに……っ！　なんで雫さんは俺に見向きもしないんだよ……！」

「そんなこと言われましても……」

「黙れ！」

「えぇ……」

り、理不尽すぎる……。なんで俺こんなに悪口言われなきゃいけねぇんだよ……！

半泣きになりながらもなんとか耐える俺。こういうタイプの輩は好きに言わせておけば勝手にストレス発散して落ち着くことが多いので、我慢することが大事なのだ。

歯向かえば拳が飛んでくる。普段から運動をしないモヤシラノベ作家の耐久力なんて正直大根以下。

確実に何かしらの骨が折れるし、ついでに心も折れちゃう。だからこその戦略的撤退。戦力差を見極め時には戦わないという決断をするのも『君子』であるための一つの要素なのだ。

……………こ、怖くて言い返せないとかそういうのじゃないいんだからねっ！　勘違いしないいでよねっ！

緊張のあまり額から変な汁を出している俺をにらみつけて、速水は口を開く。

「くそ……なんで雫さんにお前みたいな家族がいるんだよ……。あの子はもっと孤高で……もっと……」

彼は小さくそうつぶやいた。俺はその一言を聞き逃さなかった。……いや、聞き逃せなかった。

「孤高？」

先程の思惑とは相反して、自分でもびっくりするくらい威圧的で低い声が出る。

「なんだよ……文句あんのかよ……あ？」

反抗的な俺の態度を見た金髪は、首元を締め付ける力をさらに強くした。

それでも心の奥底にどろりとたまるような怒りは、衰えを見せない。

俺を馬鹿にするのは構わない。雫を好きになるのも、あこがれるのも、構わない。

けれど、俺の妹に『孤高』なんていう手前勝手な印象を押し付けるのは許せなかった。

雫は好きで一人でいるんじゃない。本当は誰よりも優しいはずなのに、過去の痛ましいトラウマのせいで、塞ぎ込んでいるだけなのだ。

雫の美しすぎる容姿に目がくらんで勝手に『孤高』という名前を付ける。高嶺の花というイメージを、悲劇のヒロインというイメージを押し付ける。

俺を、彼女のもとから引きはがそうとする。それだけは許せない。

「俺は雫のお兄ちゃんだ。ウザがられようが嫌われようが、俺は絶対に雫をひとりぼっちにさせたりしない。お前が何と言おうと、ずっと側にいてやる」

雫に比べれば、俺なんて本当に何のとりえもないちっぽけな人間だけれど、彼女のそばにいることはできる。

どうすれば彼女の心の傷を癒すことができるのかはまだわからないけれど、そばにいてやることはできる。

催眠術という突飛な方法ではあるけれど、雫は前よりも表情が豊かになった。

俺のことを惚れさせようとするのは、女子高校生が教師を好きになってしまうような一過性の感情だろうけど、それでもいい。

いつか忘れ去られても、嫌われても、雫が今よりも笑顔になれるなら俺はそれでいい。

いくらだって、催眠術にかけられた哀れな道化を演じよう。

たとえ血がつながっていなくても。

「この……っ！」

金髪が大きく拳を振り上げる。

おそらく次の瞬間、火が出るような痛みが俺の頬を襲うだろう。

殴るなら殴ればいい。けれど、兄としての矜持だけは、絶対に譲らない。

「死ね！」

短絡的なセリフとともに、ぶれる拳がぐんぐんと迫ってくる。

俺はきゅっと、歯を食いしばった。

「…………………………？」

けれど。

幾度待てども、拳が降ってくることはなかった。

「何やってんの？」

かたい拳の代わりに、鼓膜が凍てつくような声が聞こえた。恐る恐るキツく閉じたまぶたを、ゆっくり開ける。

「し、雫……！」

俺を取り囲む男達。そしてその異様な光景の外から、俺の義妹はこれでもかと言うほど眉間にしわを寄せて、こちらをにらみつけていた。

「雫さん……！　こ、これは……その……！」

先ほどの勢いはどこにいったのか。雫が現れた途端、俺を殴ろうとしていた金髪は、親に悪事がバレた子供のように慌てふためいて拳をおさめる。

雫はモテる。そのモテるは、好意の性質は、誰にでも優しいクラスの人気者というありふれたモノではない。

兄としては甚だ遺憾だけれど、雫を見た人間は決まって同じ感想を抱く。

『自分とは住む世界が違う』

特異な容姿は、異性を惹きつけ同姓を嫉妬で狂わせる。

そんな妹が、クラスメイトに見せるいつもの無表情を崩して、悪鬼も裸足で逃げ出すほどの形相を浮かべているのだ。怖くないはずがない。

「何やってんのって、聞いてるんだけど」

「ひぃっ……！」

普段の声からは想像もできないほどの暗い声。

何もやましいことをしていない俺でさえ、何故だか申し訳ない気持ちになってしまうほどだ。

「……っ」

速水は雫の表情や声音におびえながらも、拳を握りしめながら口を開く。

「……雫さんはさ、なんでこんなに冴えないやつといつも一緒にいんの？　兄妹関係って言っても義理だよね？」

「……」

「何か弱みを握られてるとか、そういうのだよね……？」

怯えながらも、金髪は雫に問う。確かに俺みたいな冴えない男子が、雫のような桁違いな美少女と一緒にいたら弱みを握られていると疑っても仕方ないのかもしれない。

雫は黙っていた。今の俺は催眠術にかかっていない状態だし、周りにいる人間は初対面、紡ぐ言葉を探しているのかもしれない。

「俺のほうが勉強もできるし、運動もできる、顔だっていい。なのになんでこんなクソみたいな男に……」

散々な言われようだけれど、的を得ているので何も言い返せなかった。

俺が申し訳なさそうにもじもじしていると、黙っていた雫が表情をさらに険しくして口を開く。

「それが何？」

ジワリと、額に汗がにじんだ。身内である俺でさえ、足がすくむような声音で、雫は続ける。

「運動？　勉強？　どうやらアンタの精神的な成長は小学生で止まっているようね。その程度のものさしでしか人を測れないのなら死んだほうがいいわよ」

「しッ!?」

「人間の価値は社会的地位や能力だけで決まらない。大人なら誰でも知っている常識よ。それに、そこにいるクソ兄貴の能力をアンタは大して話したこともないくせにすべて理解できたというの？　できるわけないわよね？　その驕《おご》り、自分がなんでも理解しているという浅はかな考え方がゴミクズなのよ。他者を容姿や能力のみで見下すような情けなくて気持ち悪いゴミ山の大将でいたいなら、狭い教室から一生外に出ないことをお勧めするわ」

さすがはパイルバンカー系義妹。言葉の切れ味が常軌を逸している。

雫に信じられない勢いで罵倒された金髪は、目に涙を浮かべて壁によりかかる。

先ほどまでは速水のことを非常識なやつだ、迷惑なやつだと思っていたけれど、雫さんに心に風穴を開けられた彼を見て、今はただただ同情していた。

「ま、能力においても、クソ兄貴はアンタに負けたりしないけどね」

「へ……？」

嫌な予感がする……。

俺は雫の言葉を遮ろうと口を開く。

けれどその努力もむなしく彼女は信じられないようなことを口走った。

「クソ兄貴はね、体育祭だって選抜リレーに陸上部相手にぶっちぎりで勝っちゃうし、期末テストだってあのクソ地味幼馴染を倒して学年一位になるんだから。本気を出せばね」

「雫さん？　何言ってるんですか？」

「黙りなさい」

「そんなぁ……」

俺みたいなモヤシラノベ作家がそもそも選抜リレーに選ばれるわけないし、入学以来学年一位をとり続けている幼馴染のりんこにテストの点数で勝てるはずがないのだ。

そんな周知の事実を無視して、なおも雫の虚言は止まらない。

「クソ兄貴はね、普段は目立ちたくなくて実力を隠しているだけで、本気を出せばそれくらいわけないいんだから」

なんだそのくっさいな○う小説みたいなキャラ設定は……！

「その話は本当か……？」

金髪は、話している雫を無視して俺に問いかける。

いや嘘に決まってんだろ！　そう答えたかったけれど、雫が俺をにらみつけて『できると言わなかったら殺す』と視線で語っていたので。

「ま、まぁできないことはないけどな……！」

と、嘘を吐いてしまう。

「その言葉、もし本当じゃなければただじゃおかないからな」

「ええいいわよ。もしそれが現実にならなかったら私がなんでも言うことを聞いてあげるわ」

「ちょっ！　雫……！」

「あんたは黙ってなさい」

雫の『なんでも言うことを聞く』というセリフを聞いて、金髪はにやりと口角を上げる。

「体育祭の選抜リレー、俺も出場する。テストでも体育祭でも、情けなくなるくらいボコボコにしてやる。覚悟しておけよ」

そ……そういや速水って、陸上部のエース的な噂を聞いたことがあるんですけど……。

「雫さん。約束忘れないでね」

速水はそう捨て台詞を残して、取り巻きとともに消えていった。

＊　＊　＊

「おい雫！　あんな約束今すぐに取り消すべきだ！」

おそらく、俺を馬鹿にされて苛立った雫が勢い任せにした約束。

条件を達成できなければ雫はあの金髪にいいようにされてしまう。

約束を破った結果、俺だけが嘘つきと罵られる分にはいいけれど、そこに雫が加われば話は別だ。

大切な妹の身が危ぶまれる状況は兄として見過ごすわけにはいかない。

「大丈夫。ちょっとこっちに来なさい」

とんでもなく無謀な勝負を挑んでいるにもかかわらず、義妹は自信たっぷりな様子でネクタイを引っ張り俺と顔を近づける。

「この五円玉を見なさい。今までで一番強力なやつをかけるわ」

ゆらゆらと揺れる五円玉。俺はそのテンプレな催眠術の道具を見て、これから訪れるであろう受難の数々を察した。

雫はおそらく俺に、久々の催眠術をかけようとしている。その催眠術はおそらく、今まで通りのはずかしいおねだりではない。今の現状を打破するような、そんな催眠。

俺はどんよりと暗い曇り空を眺めていることしかできなかった。

# 5　毎日好き好き言ってくる幼馴染が、引くぐらい賢すぎるんですけど……！

「はぁ……っ！　はぁ……っ！」

切れる息、流れる汗。

朝焼けの中、俺はBluetoothイヤホンから流れる英単語を聞きながら坂道をダッシュで駆け上る。

かれこれ一週間ほど、朝と夕方にうんざりするようなキツい坂を何往復も走っていた。

なんで俺がこんなことを……っ！

頭の中は、行き場のない感情と破れそうな肺の痛みでいっぱいだった。英単語なんて聞くどころではない。普段、全力疾走からかけ離れた生活をしている俺からすれば、朝六時に起きてそれからすぐに坂道ダッシュを決め込むことは本当に異常な行為だった。

けれどやめるわけにはいかない。俺は今、異常なのだ。正常な判断能力を失っているのだ。

なぜなら、毎日死ね死ね言ってくる義妹に、催眠術をかけられているのだから。

＊　＊　＊

「この五円玉を見て」

ゆらゆら揺れる五円玉。

金髪にブチギレをかました後、人気のない校舎裏で俺に催眠術をかけようとする雫。

「し、雫さん。もう授業が始まりますのでそろそろ教室に戻ったほうがぐあぇっ！」

優しく諭そうとする兄の頬を鷲掴みにして、義妹は揺れる五円玉を無理やり見せる。

一定のリズムを刻んで揺れる五円玉。

「いい？　お兄ちゃんは体育祭選抜リレーで一位を獲り、期末テストで不動の一位である地味女を抜いて学年トップの成績を収めるの、わかった？」

無茶言うなよ……ッ!!

そう叫びたくなる心に蓋をして、俺は心なしか申し訳なさそうに揺れる五円玉を見つめつつ、催眠術にかかったフリを開始した。

おそらく今ここで『そんなの無理に決まってんだろ！　お兄ちゃん足が遅くて勉強ができないタイプの陰キャラだって雫ちゃんは知ってるでしょ！』とブチギレれば、催眠術がかかっていないことに気づいたパイルバンカー義妹は羞恥の感情と共に俺の腹に風穴を開け葬り去るだろう。

それだけは避けなければならない…っ！

「選抜リレーで一位？　学力テストで学年一位？　余裕なんですけど？」

「……どうやら成功したようね」

雫は満足げにうなずく。体育祭は足を引っ張りまくるせいでそもそもリレーのメンバーに選ばれないし、テストの成績は下から数えたほうが早い。

陸上部の精鋭に走りで勝ち、のほほんとした空気を醸し出しながらも化け物みたいに賢いりんこに俺が勝てるはずもないのだ。

だが……やるしかない……っ！　雫にお願いという名の催眠術をかけられたからには……やるしかない……っ！

「あんな二酸化炭素を吐くことしかできない血袋共にバカにされないで、アンタは私のお兄ちゃんなんだから……わかった？」

「も、もちろんさ。俺は雫のお兄ちゃんだからな……っ！」

虚勢をはると、雫は嬉しそうにはにかむ。

「……じゃあ私は教室に戻るから、アンタも時間をずらして戻りなさい」

「おう」

クラスメイトを血袋呼ばわりする義妹を尻目に、俺はこの無理難題をどう解決するか思案していた。

＊　＊　＊

そんなこんなで、朝六時半に汗だくで坂道ダッシュをするというなんとも奇怪な場面へと戻る。

雫の無理難題に応えるため、俺が最初に考案した作戦がこの坂道ダッシュだ。

『まずは普通に努力してみる』

巨大な壁を前にした主人公は、友情努力勝利でその壁を乗り越える。それが古くから伝わる少年漫画の習わしだ。俺は腐ってもラノベ作家。もちろん漫画だって読む。残酷な作者からありとあらゆる苦難を与えられ続け、そしてそのことごとくを打ち倒し夢や希望的な何かを手にしてきた少年漫画の主人公の手法（むっちゃ頑張る）を用いれば、残酷な催眠義妹が建設した強大な壁を乗り越えられると考えたわけだ。

俺みたいな落ちこぼれだって……必死に努力すればエリート（リア充陸上部）を超えられるかもよ？

頭の中で大好きな漫画、主人公のセリフを反芻《はんすう》しながら、坂道をよろよろと駆け上がる。

「……も、もう無理吐きそう……っ！」

おろろろろっ！　と、なんとも汚い音を立てながら、俺は道端にある溝に吐きまくった。

……現実はこんなものだ。たしかに少年漫画の主人公なら、ヒロインからのお願いを努力や友情で乗り越えられるけれど、俺は少年漫画の主人公じゃないし、ただの陰キャなラノベ作家だった。主人公補正はない。

もし仮に、本当に催眠術にかかっているのであれば、雫のために失敗など恐れず嬉々として努力したんだろうけど、今の俺は素面《シラフ》。もうシンプルに地獄だった。

「……あっくん、何してるの……？」

溝に顔を突っ込んで絶望していると、背後から聞き覚えのある声が聞こえた。

「……おはようりんこ。今日もいい朝だな」

短パンにTシャツ。右手にはリード。おそらく彼女は、愛犬の朝のお散歩中なのだろう。

ラフな格好のりんこの足元には、可愛らしいミニチュアダックスフンドが体勢を低くして、飼い主を絶対に守るといったような決意が感じられるまなざしで、俺のほうをこれでもかというほどにらみつけていた。

「道端で吐いている幼馴染さえ見なければ確かにいい朝だったよ。あっくん」

「勘違いするなよりんこ。これはただゲロじゃない。その……あれだ……汗と涙の結晶的なアレだ」

「汗と涙の結晶がそんなにどろどろで酸っぱいにおいがするなんて嫌だよ……」

珍しく表情をゆがめるりんこ。まぁ確かに、気持ちの良い朝の散歩中に、道端で吐いているクラスメイトを見つければ嫌な顔もしたくなるだろう。

「で、最初の質問に戻るけれど、あっくんは今何をしてるの？」

「……あ……えっと……」

雫に催眠術かけられちゃってさぁ。今度の体育祭の選抜リレーで一位を獲らなきゃいけなくなったんだよね！

……とは言えるはずもない。催眠術の件がりんこにバレれば俺と雫の関係は終わる。いや、終わらされる。

「…………いや、ちょっと足速くなりたくてさ……ほらあれじゃん？　足の速い男子ってモテるじゃん？」

「なるほど、雫ちゃん絡みなんだね」

「なんでそうなるんだよ……っ！」

苦しい言い訳もむなしく、秒で看破される。

「だってあっくんが何かを頑張ろうとするときって、大抵雫ちゃんのためじゃん」

「そ、そんなことねえし!?」

「大の運動嫌いの君が、朝早くに坂道ダッシュ。大方、またいつもの魔法でお願いされちゃったんでしょ？」

澄んだ瞳。何もかもお見通しだよと言わんばかりに、りんこは俺の顔を覗き込む。

「あと、もう少しなんだよ」

意味深な一言。正解までもう少し。魔法の正体を見破るまでもう少し。彼女はそう言いたいのだ。

「…………と、とにかく！　俺は最速の男を目指すんだよ！　世界を縮める勢いなんだよ！じゃあな！」

これ以上りんこと話せば必ずボロが出る。俺は登ってきた坂道を下ろうとすると。

「手伝ってあげようか？」

「へ……？」

「体育祭の選抜リレーで一位になって、なおかつ中間テストでも学年一位にならなきゃいけないんでしょ？」

背筋がゾっとした。その暗示は俺と雫しか知らないはずだ。

「お、おまッ！　なんで知ってるんだよ！」

大慌てする俺を、じっと見つめるりんこ。しばらくして、口を開く。

「だってウワサになってるよ？　速水くんとの勝負なんだよね」

「……ウワサ？」

「陸上部のエースと、学校一の美少女。相思相愛の二人。それを邪魔するシスコン『雫と付き合いたければ兄である俺を倒してからにするんだな！　グヘヘ！』ってな感じのウワサを聞いたんだよね」

……そ、そうか！　速水が雫との約束を広めたのか！

なんでも言うことを聞くという部分が、速水と付き合うという条件に変わっている。

その他の部分も奴が都合のいいように改変されていた。

「バレてしまっては仕方がないな！　そ、そうなんだよ！　どこの馬の骨とも知らない輩《やから》に雫をやるわけにはいかないからな！　そのための特訓だ！」

僥倖《ぎょうこう》！　少し癇に障るけど、ここは奴が作ったウワサ話に乗っかるしかない！

「でも、リレーで陸上部に勝つなんて相当難しいんじゃない？　成績だって、あっくん下から数えたほうが早いし」

「うっ……！」

痛いところを突かれる。

けれどやるしかないのだ。勝たなければ雫は奴にいいようにされるし、催眠術にかかったフリがバレる。

精神的にも肉体的にも死んでしまうのだ。恐ろしい。りんこは、足元でじゃれていた子犬を抱える。

「だから私が手伝ってあげる。私があっくんを手伝えば、学年テストはともかく、体育祭はほぼ確実にあっくんは勝てるよ」

いつもは謙虚な彼女が自信満々にそう言い放つ。聡明すぎる彼女なら、この八方塞がりの状況をどうにかするすべを知っているのかもしれない。

「ほ、ほんとか!?　なら手伝っ」

「ただし、条件があります」

喜ぶ俺を、幼馴染は食い気味に制止する。確かに今のままではりんこに何のメリットもない。働き損だ。

「……条件？」

恐る恐る彼女の顔色を窺う。正直言って俺一人の力じゃ雫にかけられた催眠術、その条件を達成するのは難しい。九割以上の確率で失敗するだろう。したがって、りんこの協力は絶対に必要……！

ごくりと唾をのみ込む。提示されるであろう条件を、幼馴染は真剣な面持ちで呟いた。

「私とゲームして遊んでください。場所はあっくんの部屋で」

「………えっ。それだけ？」

「うん、それだけ。ついでに勉強も見てあげるよ。どう？　悪い条件じゃないと思うけど」

シリアスな空気を醸し出したにしては、あまりにも簡単な条件に拍子抜けする。

「……いや別にいいけど、なんでゲーム？　そんなのいつでもできるだろ？」

「だってあっくん、最近雫ちゃんにかまいっきりで全然私と遊べてないじゃん。だからたまにはのんびりゲームでもして遊びたいなーって」

にこにこと笑いながら、りんこはそう言った。たしかにここ最近は坂道ダッシュしたり勉強したりでりんこと接触する回数は少なくなっていた。俺とりんこはひいき目なしで気が合う友達だ。

そんな友達が少しだけ疎遠になって、彼女は寂しかったのかもしれない。

「わかった。その条件をのもう」

「やた！」

ゲームをするだけでりんこという人外級のブレーンを手に入れられるのはかなり大きい。

それに、ここのところ勉強や特訓漬けだった。たまには息抜きをするのもいいだろう。

「さっそくだけど、今日の放課後でもいいか？」

「うん！　もちろんいいよ」

満面の笑みでそう答えて、彼女は愛犬を連れて帰路についた。

「よし……ラスト一往復……！」

ジャージの袖で汗を拭い、震える足を引っ叩いて、坂道を駆け下りる。

「……」

少しだけ、胸の奥に感じる違和感。

そんな違和感に見て見ぬふりを続け、流れる汗もそのままにして、俺は降りた坂道をまた同じように駆け上った。

＊　＊　＊

窓から西日が差し込む。机の上においてある時計の短針は、午後五時をさしていた。

「くっそ！　また負けた……！」

少し散らかった部屋で、小さなモニターを前に、俺は幼馴染と某有名格闘ゲームで遊んでいた。

速水との一件を手助けしてくれる代わりに、俺はりんこのゲームに付き合う。りんこが提示してきた条件をさっそく消化中というわけだ。

俺の部屋で遊ぶという場合の、唯一の懸念事項である雫も、今日は担任に書類の整理を頼まれて帰りが遅くなる。雫がいれば我が家は問答無用で戦場と化すので本当にタイミングが良かった。狙いすましたかのように雫に面倒ごとを押し付けてくれた担任に感謝だ。

「ふふっ、あっくんよわよわ～」

場外にはじき出された俺のキャラクターをしり目に、りんこは生意気なメスガキよろしくどや顔で煽ってくる。さっきのラウンドでちょうど十戦目。けれどまだ一度もりんこに勝っていない。

昔からそうなのだ、俺はりんこに何一つ勝てない。この空気清浄機系幼馴染は、全身からマイナスイオンを垂れ流しにしてるんじゃないかってくらい雰囲気は穏やかなんだけど、頭はいいわ運動はできるわ要領はいいわで普通にハイスペックなのである。

「はぁ……俺って昔からお前に何一つ勝てないよな……自信なくすぜ……」

「まぁ私の強さはあっくん限定だよ。他の人とやっても普通に負けちゃうと思う」

「そんなことないだろ」

「そんなことあります。私って昔からあっくんが何考えてるかわかるんだよね」

「じゃあ俺が今何考えてるか当ててみてくれよ」

「おっぱい」

「!?」

驚愕、そして戦慄。現在のりんこの格好はよれよれのTシャツにホットパンツ。おそらく彼女の部屋着だろう。男の部屋に遊びに行くにはあまりにも無防備な恰好。

着古しているので当然首元が大きく開いている。その空間から異次元の存在感を放つおっぱい。

よれよれTシャツなのに胸元はぱつぱつ。矛盾。圧倒的矛盾。

そんなとてつもない質量をもったおっぱいが重力を持つのは必然。故に俺の視線が吸い寄せられるのも無理はない。むしろ当然。物理法則を捻じ曲げることなど神にも不可能。

これがまさに、乳《ニュー》トンが発見した万乳引力《ばんにゅーいんりょく》の法則だ。

「あっくんさっきからおっぱい見すぎ。画面見ないから負けるんだよ？」

「なるほど……だからお前の攻撃全部くらっちゃうんだな。さすがはりんこ、孔明もびっくりの頭脳プレイだぜ」

「褒められても全然うれしくないって、結構不思議な感覚なんだね」

「しかしりんこ、俺の考えを読めるというのは証明されたけど、具体的にどうやって見抜いているんだ？　俺ってそんなにわかりやすいのか？」

隣に座るりんこは、少しだけ俺に肩を預けて、頬を緩める。

「わかりやすくないよ。私がよく見てるだけ。あっくん見てると楽しいし」

「俺なんか見て何が楽しいんだよ」

「楽しいよ。だって私、結構あっくんのこと好きだし」

「はいはいありがとー」

相変わらず息を吐くように告白する幼馴染。俺に雫という超絶美少女義妹がいなければ、美人耐性がなければ、あっけなく陥落して告白して振られてしまうところである。あぶないあぶない。

「陥落してもいいんだよ？」

「つ……！　息を吐くように心を読むなっ！」

「ふふっ、耳真っ赤だね。効いた？」

「……正直効いた」

「素直でよろしい」

とりとめのないやり取りでも、気心の知れた友達となら心が安らぐ。

「素直ついでになんだけど……一つ質問していい？」

「おう。いいぞ」

りんこは背中から何やら古びた本のようなものを取り出す。

「この、催眠術の本について、あっくん何か知ってる？」

「えっ…………………？」

息が止まる。

りんこが取り出したのは、かなり年季が入った本。

その本は、雫が催眠術を覚えたキッカケ、俺が催眠術にかかったフリをするようになったキッカケ。

そして、俺と雫の関係が、距離が、近づいたキッカケ。

鼓動が高鳴り、額からは冷たい汗がにじむ。

「その顔は、何か知ってるみたいだね」

賢すぎる幼馴染は、俺の表情の変化を見逃さない。

リラックスしていたところに、言い逃れできないような物的証拠。

……いや、俺が全く表情を崩さずシラを切り通せばどうにかなったかもしれない。

けれどももう遅い。

りんこは確信している。雫が俺を言いなりにさせている手段が催眠術だと、確信している。

「ずっと探してたんだよ。そしてようやく見つけた」

催眠術の本をぱらぱらとめくり、りんこは語り始めた。

「雫ちゃんがあっくんを言いなりにさせる方法。私が思いつく限り方法は九つあった。その中でも現実的なのは三つ。一つ目は『雫ちゃんが素直になってあっくんと恋人関係になり、そして束縛という形で言いなりにさせる方法』、二つ目は『あっくんの弱みを握って、もしくは何かしら人質にとって言いなりにさせる方法』、三つ目は『精神に直接作用するような、本当に魔法のような方法』」

理路整然と、続ける。

「一つ目と二つ目が正解じゃないことは雫ちゃんとあっくんの様子を見ればすぐにわかった。あれだけこじらせていた雫ちゃんが急に人が変わったように素直になるなんてありえないし、あっくんの弱みを握っていたとしても、プライドが高くて極度の恥ずかしがりやな雫ちゃんが、あっくんの前であれだけデレデレになるはずがない。いいとこあっくんを召使いに使って接点を増やそうとするのが関の山」

確かに雫が俺の弱みを握っていたとしても、あそこまで過激な命令はしないだろう。

そもそも弱みなんて俺は常に晒し続けているし、知られている。

エロ本の隠し場所さえ親バレしている俺にもう怖いものは何もなかった。

「雫ちゃんはあっくんのことが好きだった。ずっと昔からね。けれど、何年も時間はあったのに彼女は悪態をつき続け、一向に素直に自分の気持ちを伝えることはなかった。そんな雫ちゃんは四月になってから急に態度が変わった。特に驚いたのは喫茶店での一件。あんな行動、少し前の彼女なら死んでもやらなかった。一番自分の気持ちを知られたくない人に、気持ちを隠し続けた人に、彼女はキスをした」

喫茶店での出来事。りんこは思い出したくもないといった具合で顔を歪める。

「矛盾を孕んだ雫ちゃんの行動。それが最大の悪手。……何度も言うように、雫ちゃんは絶対にあっくんに自分の気持ちを素直に伝えられない。これは確実にそう言い切れる。何年も同じ屋根の下で暮らしてきたのに、進展するどころか悪態をつき続けて関係を悪化させるくらいだからね」

今のところは、りんこの推測はすべて当たっている。

むしろ当事者の俺よりも雫の行動原理を理解しているような気がした。

「ではなぜ、雫ちゃんはあっくんにキスをすることができたのか。……考えられる可能性はたぶん一つ。あっくんが正気ではない。もしくは雫ちゃんがそう思い込んでいる。そういう可能性。あっくんが正気じゃなければ、雫ちゃんがした突飛な行動を忘れさせられるという保証があれば、彼女は自分のやりたいことを羞恥心抜きでやれる。むしろそうじゃなきゃやれない。私はアナタ達の学校での言動、行動をずっと見てきた。一か月も見ればあっくんの状態が二通りあることはすぐにわかったよ。一つ目は『比較的いつも通りなとき』、二つ目は『問答無用で雫ちゃんの言うことを聞くとき』……それは日によって変わるわけじゃない。あっくんの態度が変わるのは雫ちゃんと二人きりになった後。つまり選択肢三つ目『精神に直接作用するような、本当に魔法のような方法』そんな何かを、雫ちゃんはあっくんに使用している。けれどその魔法は雫ちゃんが思ってるほど完全じゃない。喫茶店や学校、その他の場所でも、あっくんは雫ちゃんに『魔法』を使われているにもかかわらず、私にメモで合図したり、仲を取り持とうとするそぶりを見せた。ここまで材料がそろえばあとは簡単だね。事の顛末、流れはこう」

一息おいて、流れるようにベッドに座り、俺とまっすぐ目を合わせてりんこは言った。

「雫ちゃんはある日突然、あっくんを操れるような『魔法』を手に入れて、実際にそれをあっくんにかけた。けれど結果は失敗。雫ちゃんはあっくんにかかっていると思い込んでいるだけで、本当はかかっていない。かかっているように見えるのは、あっくんが雫ちゃんとの関係を崩すまいと演技しているから」

　正解。言い逃れのしようもない。

「残るはその魔法の正体。学校の休み時間にも魔法はかけられる、道具があるとしたらそんなに大きなものじゃない。候補はたくさんあったけど最終的に仮定として挙がったのは『催眠術。もしくはそれに準ずる何か』。催眠術ならもし仮にかからなくてもあっくんがかかったフリをするのは簡単だしね。答えが仮定としてでも成り立てば、あとは証拠になる道具を押さえるだけ。少しズルかもしれないけど、今日雫ちゃんには用事で退席してもらった。私いつも優等生だから、先生を誘導するのはとっても簡単だったよ」

　りんこはすべて見ていた。計算していた。読もうとしていた。

　雫が俺にキスをした、あの日から。

　今思えば今日の朝、りんことの会話だって違和感があった。速水とのウワサを知っているのであれば、ジャージを着て汗だくになっている俺を見て、聡いりんこなら体育祭のための特訓をしていると推測できたはずだ。

　けれどりんこはそれをしなかった。おそらく俺の反応を窺っていたのだ。

　速水との一件が、本当にウワサ通りの出来事なのか、それとも雫のいつもの催眠術によるものなのか。見極めていたのだ。

「あっくんと遊ぶ約束をとりつけて、トイレに行くフリをして雫ちゃんの部屋に行った。バレることはないと安心しきってたんだろうね、無防備に自分の机の上に置いてあったよ。もし仮に証拠品がなければ『催眠術』というキーワードをなげて、あっくんの反応を見て正否を決めるつもりだったけど……運よく証拠が二つそろってよかった」

りんこはベッドから立ち上がり、床で呆ける俺の目の前に座る。吐息が顔にかかるほど、距離が近い。

「明日私は終わらせる」

信じられないくらい冷たい声だった。

「雫ちゃんに、あっくんは催眠術にかかってない、演技しているだけだよ。そう伝える。それだけでアナタ達の関係は終わる」

理由は説明しなくてもわかるでしょ？　あっくんが一番恐れて、催眠術にかかったフリを続けた理由なんだから。

言わなくてもわかる、幼馴染の瞳はそう言っていた。

このままじゃ、俺と雫の関係は終わる。雫は罪悪感により心を閉ざし、嘘をついていた俺を軽蔑し、そして自分自身も同じように軽蔑するだろう。

「ッ！」

「ちょ！　あっくん!?」

俺はりんこの肩を掴んでそのまま床に押し倒した。

「頼むりんこ……一生のお願いだ……！　催眠術がバレたことを、俺が演技していることを、雫に告げるのをやめてほしい……！」

雫との関係を終わらせたくない。その一心だった。今更情に訴えかけようなんて情けないし都合が良すぎるのはわかっている。それでも、雫が心を開く可能性を、キッカケを失うわけにはいかない。

「…………残念だけど、あっくんが必死になればなるほど、私の口は軽くなる。アナタ達の関係を終わらせたくなる」

「なんでだよ……！」

「あっくんは、なんで雫ちゃんの催眠術があっくんに効かなかったか、理解してる？」

「そんなこと今は関係ないだろ！」

「関係あるよ」

食い気味に、幼馴染はそう言った。瞳は少し濡れて、頬は少し赤くなっている。

圧倒的優位な立場にいるはずのりんこは、なぜか泣きそうになっていた。

「……催眠術が失敗したのは、俺もよくわかってない。……単純に雫が何かミスをして、かからなかっただけだろ」

「違う！　全然違う！」

押さえつけられている彼女は、半ば悲鳴に近いような叫び声をあげた。

「雫ちゃんが催眠術なんて眉唾なものを使おうとしたんだよ？　絶対にかけられる自信があったんだよ。それこそ誰かで実験して入念に準備をしたはず。失敗すればあっくんとの関係は終わるんだから」

「……」

催眠術が失敗した理由。今まで深く考えたことはなかった。

雫がただ手順を間違えただけじゃないのなら、いったい何をもって催眠術は失敗に終わったのか。

りんこに秘密がバレた今、冷静になれない今、まともに考えることすらできなかった。

「私は、あっくんが雫ちゃんに優しくしようとするのが許せない。何があっても、終わらせる」

「……っ！　なんでそんな悲しいこと言うんだよ……っ！　お前だって、雫の変化には気付いているだろ!?　心を閉ざしていた雫は変わろうとしてるんだ！　催眠術っていう突飛な方法だけど、りんこからすれば醜い欺瞞かもしれないけど、俺はそれでも雫が心の底から笑えるのであれば、騙されたままでもいいんだ！」

打算も何もない、飾りようもない本心だった。

「悲しいこと言うのは、あっくんのほうだよ……」

「っ！」

瞳から、冷たい雫が零れ落ちる。りんこは泣いていた。

「なんで……お前が泣くんだよ……っ」

濡れる瞳を、少しだけ細めて、りんこは言った。

「だって私、結構あっくんのこと好きだし」

何度聞いたかわからない、幼馴染の告白。

なぜりんこは変わろうとする雫を許さないのか、なぜりんこは雫に肩入れする俺を許さないのか。

この状況で、それを理解できないほど、俺は鈍感じゃない。

「ごめん……っ」

そう、告げることしかできなかった。

毎日死ね死ね言ってくる義妹とは対照的に、毎日好き好き言ってくる幼馴染。

だからりんこは、雫を許せなかったのだろう。自分の気持ちに素直になる勇気がない雫を、許せなかったのだ。

自分の気持ちに素直になっても、それを受け止めない俺を、嘘の関係を大切にしようとする俺を、許せなかったのだ。

「あっくん……私も……ちゃんと見てよ……」

流れる涙を、ふくこともせずに、俺に押し倒されている幼馴染は、上体を少し起こす。

「っ……！」

重なる唇。冷たい涙とは反対に、りんこの唇は、火が出るほどに熱い。

押し寄せてきた感情は驚きよりも、底すら見えない罪悪感だった。

「ひどいことばかりしてごめん……けれど、私ももう、静観してられないの……」

吐息がかかるほど近く。悲しそうな声。

「私は終わらせる。……どうしても嫌なら、止めればいい、同じ嘘で、止めればいい」

りんこは催眠術の本を、俺の胸に押し付ける。そしてするりと、俺の拘束を抜けて、何事もなかったように部屋の扉を開けた。

「ずるい女でごめんね……」

閉じる扉の音。甘い香りの残る部屋で、俺は一人うずくまる。

＊　＊　＊

月明かりが辺りを照らす。深夜二時。

青白いいつもの住宅街。自分の家のすぐ近くにもかかわらず、何故だか知らない土地に来たような、そんな不思議な感覚がした。

「……」

りんこが雫の部屋から持ってきた催眠術の本は、一度戻し、そして再度雫が寝た後、細心の注意を払い持ってきた。

幼いころ、なんども遊びに来ていたりんこの家。玄関のドアノブに手をあてると、静かに音をたてて、扉は開いた。

「やっぱり……鍵がかかっていない……」

そのまま、なるべく足音を立てないように、りんこの部屋に向かう。記憶の断片をたどる。

階段を上り、すぐに左手にある部屋。

雫にばらされたくないのであれば、同じ嘘を使って止めればいい。りんこはそう言った。

りんこが残した言葉の意味、俺に渡した催眠術の本、簡単に理解できた。できてしまった。

音をたてないよう、部屋に入る。

暗闇の中、可愛らしい寝息が聞こえた。

同じ嘘。雫が催眠術で俺を縛ったように、りんこは俺に縛らせようとしている。同じ嘘で、催眠術で。

『ばらされたくないのなら、催眠術を使って洗脳してしまえばいい』

りんこはおそらくそう言っていた。簡単な言葉で濁して。

選択を押し付け、あくまで決めるのはあなただと、そういう意図を持たせるために。

窓からかすかにこぼれる月明かり。淡い光の柱は、可愛らしく寝息を立てる幼馴染の顔を照らす。

「りんこ、起きてくれ」

小さくそうつぶやくと、りんこは長い睫毛を揺らし、目を開く。

「……こんばんは、あっくん。やっぱり来たんだね」

「……ここまで全部計算づくだったのか？」

「……もちろん。初めからそのつもりだったよ」

雫は催眠術という魔法で、俺と距離を縮めた。だからりんこも、その魔法を利用しようと画策したのだ。魔法をばらすと脅せば、雫を一番に考える俺がその魔法をもってりんこを言いなりにさせると、この幼馴染は読み、画策し、実行し、そして筋書き通りの展開に持って行ったのだ。

「これで私も、雫ちゃんと一緒」

雫と同じ立場に。すべてを知ったうえで、彼女はそれを選んだ。

「ごめんりんこ……本当にごめん……」

幼馴染の気持ちに、今俺は応えられない。血はつながってないけれど、俺には大切な、妹がいるから。

義妹のために、幼馴染を洗脳する。何の言い訳もできない、俺は最低な男だ。

「いいんだよあっくん」

俺の胸元をつかんで、引き寄せる。

「たくさん苦しんで、最後に私のことを好きになってね」

「……っ」

これだけ好きでいてくれるのに、思いをずっと告げていてくれたのに、俺はそのことごとくを無下にして、そしてそれを清算するために、悲しめたりんこ本人に催眠術をかけようとしている。

良心の叱責に苦しめられようと、俺の目的は初めから一つ。

「雫を、俺は、心の底から笑えるようにしてやりたい。だからりんこ、お前に催眠術をかける」

最低なりに、ごまかさない。本心を告げた。

「うん、いいよ。私をおかしくして」

右手に持った、揺れる五円玉を、りんこは見つめる。

「体の力が抜けてきて……お前は俺の言いなりになる……」

瞳孔が開き、瞳に光が失われる。


「りんこ……俺のために、生きてくれ」


暗示をかけた。かなりアバウトな文言で。

俺はりんこを利用するつもりだ。雫を速水に渡すわけにはいかない。速水に勝つための手伝いを、俺はりんこにさせるつもりだ。だから、りんこのすべて支配できる暗示にした。

瞳に光が宿る。

「わかった。わたし、あっくんのために生きる」

満面の笑みで、りんこはそう言った。

# 6　毎日好き好き言ってくる幼馴染が、引くぐらいテクニシャンなんですけど……！

中間テストをあと一週間に控えた五月下旬。

速水との勝負（催眠術による雫のお願い）に勝利するため、俺は自室でただひたすらに数式を解いていた。クリアしなければならない条件は二つ。

『中間テストで学年一位をとること』

『体育祭の選抜リレーで一位をとること』

普段の俺なら絶対に達成不可能な条件だけど……。

「あっくん。ここ間違えてるよ」

「……ほんとだ」

「間違えやすい部分だからもう一度教えようか？」

「ああ、頼む」

小さなちゃぶ台。そこに並ぶようにして、俺とりんこは座っていた。

一週間ほど前からこうしてりんこに勉強を教えてもらっている。

彼女の教え方はかなりわかりやすく、そして効率がいい。出題範囲を的確に読み、必ず必要な部分だけを重点的に教えてくれる。数学が苦手な俺でもこの前の小テストで九十点を獲れたくらいだ。

「……」

「どうしたの、暗い顔して？」

「ごめんな……りんこ」

俺はりんこに催眠術をかけた。勉強を教えてもらってる今もだ。

体育祭で速水に勝つ方法も、中間テストで学年一位を取る方法も、全部りんこに考えてもらった。

雫のために、俺は親友を利用しているのだ。催眠術で操って……。

「謝らなくていいよ」

そういうと、りんこは俺に顔を近づける。

「私はあっくんのために生きてるんだから、あっくんが望むことはなんでもしてあげる」

やわらかい何かが、右腕に当たる。

「ちょっ！　りんこ！　胸が当たってるって！」

「気のせいだよ」

気のせいなわけがない。アルミ缶を潰せるほどのとんでもない質量。それでいて羽毛のように柔らかい。そんな矛盾を孕《はら》んだ独特の感触。

間違えるはずがない……ッ！　まごうことなきおっぱいだッ！

「りんこ……！　胸をおしつけるな……！　何度言ったらわかるんだ……！」

俺はりんこに催眠術をかけ、そして命令した。

『俺のために生きろ』と。

故に俺の命令には絶対服従。にもかかわらず……。

「押し付けてないよ。当たっちゃうんだよ。不可抗力だよ」

りんこは胸を前に押し出し、俺の右腕にぐいぐい押し付けてくる。

や……やわらけぇ……ッ！

ここで俺が彼女に『おっぱいもみもみさせて』と頼めば、彼女は喜んで従うだろう。もみもみさせてくれるだろう。

「……私、あっくんの言いなりだよ……？」

上目遣い。上気する頬。やわらかそうな唇。地味目な幼馴染の強気の誘惑。

控えめに言ってもどちゃくそにエロい……ッ!!

「だ……だめだ……離れろ……っ！」

鋼の理性で煩悩をぶち殺す。歯を食いしばりすぎて奥歯から血の味がした。

「…………はーい」

りんこは残念そうに胸を離した。

「なぁりんこ」

「どうしたのあっくん？」

「俺ってさぁ、お前に催眠術をかけたよな」

「かけたね」

「催眠術の内容は『俺のために生きろ』であってるよな」

「あってるね」

「俺の命令には絶対服従だよね？」

「服従だね」

「じゃあなんでたまに俺の命令無視しておっぱい押し付けてくるの？　催眠術かかってないの？」

「かかってるよ。それはもうこれ以上ないくらいにかかってるよ。むしろ催眠術が強力すぎて一生あっくんのために生きるし絶対服従だよ。そんな心持ちだよ」

心底楽しそうに、催眠されている幼馴染はそう言った。

催眠術にかかってる人ってこんなに生き生きしてるものなの？　かかったフリしかしたことないのでわからない。

「ならいいけど……」

りんこが催眠術にかかっているかどうか、雫が俺の演技を見破れないように、俺もりんこが演技しているかどうか見破ることができない。

催眠術をかけたとき、手応え的なのは感じたような気もするので……おそらくかかっているんだろうけど……。

「じゃあ次の問題だね」

「ちょ！　また胸が当たってるんですけど！」

「たまたまだよ」

「たまたまおっぱいを押し付けるな！　自分の体くらいちゃんとコントロールしろ！」

「ごめんごめん、今催眠中だからうまく体動かせなくてさ」

「催眠を言い訳に使うな……！」

そんなとりとめのないやり取りをしていると、部屋の扉が勢いよく開く。

「…………お茶。持ってきたわよ」

「し……雫……！」

額に青筋を浮かべた義妹が、お盆にコップを一つ乗せて、部屋に入ってくる。

ここ最近、俺は雫に催眠術をかけられていない。いや、正確に言えば、催眠術はかかっているが命令は出されていない。雫の認識で言えば、今の俺は中間テスト選抜リレー共に一位を目指し、雫のために頑張るお兄ちゃんだ。雫自身がそう暗示をかけた。

だからその目標のために努力している俺を、雫は止められない。

たとえ雫が嫌いなりんこが同席していたとしてもだ。

「アンタ達、変なことしてないでしょうね？」

「し……してるわけないだろ……！」

「本当？」

「本当だ……！」

「じゃあ一つ質問するけど、アンタが一番大好きな人は誰？」

声音に棘がある。雫は、俺に質問したはずなのに、引くほどりんこのほうをにらみつけていた。

この質問は踏み絵。俺がちゃんと催眠術にかかっているかの確認。解答を間違えれば腹に風穴を開けられてしまう……！

「も、もちろん雫に決まってるだろ。こうして俺が勉強しているのも、全部お前のためだ」

「き、キッモ！　このシスコン！」

表情とは裏腹に、とろとろに溶けそうなくらい頬を紅潮させて雫はそう言った。

……どうやら俺の解答は誤りではなかったようだ。

「ほんときもい！　……ま、まぁそれだけ私のことが……私のことだけが大好きなら、隣の部屋でいかがわしいことをされる心配はないわね！」

「あ、あぁ、もちろんだよ」

雫はどや顔でりんこに視線を送りつつ、お茶を一つだけちゃぶ台に置いた。

「そういうことだから。勘違いしないことね、地味女」

嫌味たっぷりに義妹はそう言う。俺に催眠術をあまりかけなくなったとはいえ、りんことの関係は依然険悪だ……。

「……本当、雫ちゃんってかわいいね」

先ほどの優しげな声音はどこにいったのか、りんこは声のトーンを落とす。

「……どういう意味よ」

「そのままの意味だよ」

りんこは、机の上に置いてある俺の右手に、そっと左手を重ねて。

「偽物の気持ちで満足したフリをしてる。偽物だから、そこから先なんてないのにね」

いままで見たことがないくらいのしたり顔で、そう言った。

「ちょっ！　りんこ……！」

そんな表情をすれば、セリフを吐けば、雫がブチギレるのは必至。案の定、雫は白い肌を真っ赤に染め上げて。

「……クソ兄貴。今すぐ私のほっぺにキスしなさい」

怒りのあまりわけのわからないことを口走る。

「えっ!?」

「はやくッ！」

「……は、はい」

俺は雫の言われるがまま、彼女の頬に顔を近づける。

催眠術をかけて言いなりにさせている幼馴染の前で、催眠術にかけられている義妹にキスをするとかいう混沌シチュエーション。

何度も言うように俺は雫に逆らうことはできない。催眠術にかかってないことがバレてしまうからだ。

りんこに催眠術をかけてまで、催眠術にかかったフリを続けているのだ。今更キスくらい……いやめっちゃ恥ずかしいけど……！　ボロを出すわけにはいかない。

唇をあてる。火照った彼女の頬は、俺の乾燥してさかむけた唇を、しっとりと濡らした。

俺の唇が離れた後、体をこわばらせていた雫は、水を得た魚のように激しくりんこを罵る。

「……どう地味女？　悔しい？　今どんな気持ちか教えてよ、遠くから吠えることしかできない負け犬の気持ちって興味あるからさ。アンタが何を考えてどう思おうと、もうお兄ちゃんは私にぞっこんなの。これ以上ないくらい惚れてるのよ！　だから潔く諦めなさい！」

まくしたてる義妹に、無表情でそれをにらみつける幼馴染。りんこの気持ちを知る前であれば冷や汗をかきながら静観を決め込んでいたところだけど、今は違う。

りんこの想いも、覚悟も、俺は知っている。

「雫、ちょっとこっちに来なさい」

細い手首を強めに握り、強引に雫を部屋の外に連れ出す。

「ちょっ！　待ちなさいクソ兄貴！　私はまだこいつに言いたいことが！」

抗議の言葉も無視して、ドアを閉めて、壁に握った手首を押し付けた。

「……っ。何よ、痛いじゃない」

雫は、怯えている。催眠術にかかっているはずの俺が、予想外の行動をとって驚いているのだろう。

けれど見逃すことはできなかった。

あの状態のまま放っておけば、罵り合いではなく肉弾戦《リアルファイト》にまで発展してしまう。そんな勢いだった。

「……」

「……」

無言が続く。俺は意を決して、この修羅場を切り抜けるための唯一のカードを切る。

「雫……そ、その、俺はお前のことがす、好きだ。……愛している」

瞬間。赤くなっていた雫の頬は、さらに汗ばみ、紅潮する。

「っ！　そ、そんなの……あ、あたりまえよ」

物腰が一気に柔らかくなるパイルバンカー系義妹。

雫はなんだかんだ言って押しに弱い。それも好意を明確にされる方面は特に弱い。

催眠術にかかったフリをしつつ、りんことの仲を取り持つ、様々な修羅場を乗り越えてきた俺にとって、そんなに難しいことじゃなかった。

「そう、あたりまえなんだ。俺とりんこがふたりきりになって不安になる気持ちもわかるけど、だからってりんこを傷つけていい理由にはならない……だろ？」

「……だ、だけどおにいちゃん！　あいつすっごいしたり顔でこっち見てくるもん！　負け犬のくせに生意気なんだもん！」

若干、言動が幼くなる。ここまでくればもう一押しだ……！

「……いいか雫。俺はお前のために頑張ってる。お前のためだけに、だ。だからりんこに悪態をつくのはもう少し抑えてくれ。俺は今の雫も好きだけど、大人な雫ももっと好きなんだ」

本当の気持ちを脚色して、義妹に伝える。

「…………わかった」

雫はしぶしぶといった具合で納得した。我ながら嫌になる。俺は、りんこにも雫にも、本音でぶつかっていない。催眠術という突飛な方法の陰に、自分の本当の気持ちを隠している。

『あっくんは、なんで雫ちゃんの催眠術があっくんに効かなかったか、理解してる？』

催眠術をかけた日、りんこのセリフがずっと喉につかえていた。

俺は雫の兄だ、それ以上でもそれ以下でもない。

「ねぇ、おにいちゃん」

「……どうした？」

「おにいちゃんの私を思う気持ちも、私の催眠術が生み出したもの、偽物なのかな……？」

悲しそうな顔をして、雫はそうつぶやく。

「…………」

俺は、ただ黙っていることしかできなかった。

＊　＊　＊

六月初旬。しとしとと降る雨。

水滴が落ちる音、時計の秒針、薄い紙に叩きつけられる鉛筆の音、静寂に包まれた教室に様々な音が響く。

「……」

俺は周りにいる生徒同様に、机にかじりつき、答案用紙に解答を書き込む。

そう、今は中間テストの真っただ中。俺はこのテストの合計点で成績優秀な速水を倒し、そして人外級の頭脳を持ったりんこを超え、学年一位という成績を収めなければいけない。

そういう約束、もとい暗示を、雫にかけられてしまっているのだ。

試験開始からおよそ四十分。

俺は解答欄をすべて埋め、そして見直し作業に入る。この数週間、りんこにみっちり勉強を見てもらったおかげか、俺はかなりの手ごたえを感じていた。

おそらく平均点は優に超え、八十点程度は確実にとっているはずだ。毎回平均点以下、赤点ギリギリな数学という苦手科目でここまで点数を獲れたのはひとえにりんこのおかげ。

「…………っ」

ジワリと汗があごから垂れ、解答用紙に小さなシミを作る。

…………八十点では足りない。

今回求められているのは平均点を超えた優秀な成績……ではなく、学年一位という結果のみ。

成績優秀な速水に勝てたとしても、ほとんどの科目で満点をとる化け物（りんこ）に勝たなければ意味がないのだ。

一科目で八十点を獲った時点で、りんこに勝つのは絶望的。

刻々と時計の長針は進み、テストの終わりが近づく。この数週間、勉強を続けてきて俺は理解していた。俺は確実にりんこに勝つことはできないと。

いくら努力しようとも、俺の努力は数週間、幾月も努力してきたりんこや、他の成績上位者に勝つことは不可能なのだ。積み上げてきたものがモノを言う。いくら効率的に努力してきたところで、分母が違う。違いすぎる。

だから、策を用意した。非人道的で、最低な作戦を……。

「…………ふぅ」

俺は小さく息を吐いて、空欄にしておいた名前欄に、鉛筆を走らせる。

『佐々木　凛子』

俺は、自身のテストに、そう名前を書いた。それと同時に、試験終了を知らせるチャイムが鳴り響く。

どっと、汗が流れる。作戦を立案したりんこが、俺が座っている机、その列の一番後ろから解答用紙を集め始める。俺達が立てた作戦は至極簡単。

俺の解答用紙をりんこが書き、りんこの解答用紙を俺が書く。たったそれだけだ。

化け物に勝てるのは化け物だけ。りんこに勝てるのはりんこだけ。そういう理屈。

出席番号一番である俺と、出席番号六番であるりんこは、席が縦に並んでいる。

テストをする際、席順はかならず出席番号順に直され、列の一番後ろの生徒が解答用紙を回収し、そして教壇に立つ教員に解答用紙を渡す。

りんこがテストを回収する際に、俺の解答用紙と自分の解答用紙の順番をすり替えて、結果をすり替える。成功すれば確実に俺のテストの結果は一位になる。他を寄せ付けない、圧倒的な成績で。

しかしながらこの作戦を決行してしまえば、りんこの成績は確実に下がる。

それを承知したうえで、りんこが提案したこの作戦を俺は受け入れた。

りんこが解答用紙を集めながら、どんどん俺の席へ近づいてくる。

俺は走馬灯のように、この作戦を決行するに至った経緯を思い出していた。

＊　＊　＊

『これしか方法はないんだよあっくん』

俺の部屋、小さなちゃぶ台の手前で、りんこは小声でそう言った。

『でも……それじゃあズルいっていうか……りんこにも迷惑かかるし……』

解答用紙すり替えなんて、言い訳のしようもない不正。立派な悪事。犯罪だ。

渋る俺に、温厚な幼馴染は冷たく言い放つ。

『今更何甘いこと言ってるの？』

『……え？』

『あっくんは悪人なんだよ？　私に催眠術をかけて言いなりにさせている悪人なんだよ？　私の気持ちを知っておきながら、それでも雫ちゃんのために私を利用して、催眠術という鎖で縛ったんだよ？　だったらもうためらう必要はないの。悪人は悪人らしく、私と一緒に堕ちるしかないの。自分は悪、欺瞞、嘘つき。そう覚悟を決めて私に催眠術をかけた。そうだよね？』

暗い瞳。りんこは何一つ間違ったことは言っていない。りんこの気持ちを踏みにじり、俺は雫との関係を、催眠術にかかったフリを続けることを選んだ。いまさら偽善者ぶるのは、筋が通らない。

『…………ああ、そうだ』

『だったら手を抜かないで』

『……悪かった』

謝ると、幼馴染は打って変わって笑顔になる。

『謝らなくていいんだよあっくん。あっくんがいくら悪事を働いても、雫ちゃんとは釣り合わない悪人に成り下がったとしても、催眠術にかけられてあなたの言いなりになっている私だけは、あっくんのそばにいるから、隣にいるから』

催眠術にかかっているはずの幼馴染。俺の言いなりになっているはずの幼馴染。

そんな幼馴染は、猛毒に浸された言葉に、俺を漬ける。

『だから安心して堕ちて』

りんこは、満面の笑みだった。

＊　＊　＊

そして場面は、解答用紙を回収する教室に戻る。

「……」

後ろの席から順々に、解答用紙を受け取るりんこ。

解答用紙をすり替える。言葉にすれば簡単だけど、成功させるのは至難の業だ。

まずは時間。俺から解答用紙を受け取り、教員に渡すまで、およそ四秒。その四秒の間に扱いにくい大きな用紙の順番を入れ替える。

それができたとしても、教員の視線、クラスメイトの視線にすり替えが見つかれば終わりだ。

いくらりんこが優等生で、教員やクラスメイトからそういった疑いの視線が少ないとはいえ、解答用紙をすり替えるといった大きな動きはバレやすい。

本当にすり替えられるのかと何度も聞いたけど、りんこはすり替えられると言い切って聞かなかった。彼女がそこまで言い切るなら信じるほかない。

心臓がドクドクと脈打つ。りんこの細い指が俺の解答用紙に触れた。

「そんなに心配しなくても大丈夫だよ」

「ッ！」

小声でそうつぶやいた瞬間、りんこは教壇の前まで流れるように歩き、そして。

解答用紙を床にばらまいた。

「あ、すみません〜」

とぼけた声を上げる幼馴染、クラスメイトは彼女のことを一瞬見つめて、そしてすぐに視線を散らす。解答用紙を落とすことは別段珍しいことではないからだ。

確かに解答用紙を散らせば回収する際に順番を前後させることは可能。背中をクラスメイトに向けることにより、視線をさえぎることもできる。

けれど、教員の視線はごまかすことはできない。現に今、教員の視線はプリントを集めるりんこに釘付けだ。このまま順番を前後させようものなら、確実に不正を看破される……！

どうする気だりんこ……!?

「う〜ん、すこしホコリ付いちゃいました」

「ッ!?」

俺は目を疑った。

りんこは、俺の幼馴染は、プリントを拾う動作をしつつも、両腕の内側を胸に押し当て、特大の乳房を強調しているのだ。

普段からおそろしいくらい前に突き出ているロケットおっぱいが強調されれば、そこにはどんでもない重力が発生する（万乳引力の法則）。

「あれは……ミスディレクション……!!」

主にマジシャンが使う技術、観客の注意を別の場所にそらす手法として知られる。右手を大きく前に出し注目してしまうような動作の裏で、死角にある左手で種になる動作を行う。そういった技術だ。

りんこは単純に視線をさえぎるという手法を使うのではなく、視線を奪うという思いもよらない方法でことを成したのだ。

現に俺と教員は、はち切れんばかりのりんこのおっぱいに視線を奪われ、解答用紙をまとめる瞬間を見逃してしまった。

「なんて奴だ……」

りんこが不正を働くと知っていた俺でさえ、彼女の動き、不正の瞬間をとらえることができなかった。

おっぱいしか見えなかった……!!

柔らかな笑みをたたえて、りんこは優雅に教壇から離れる。教員は頬を染めるばかりで、何も気づいている様子はない。まさに完全犯罪。

俺の席の隣を通り過ぎる刹那、りんこは少しかがんで俺の耳元に口を当てる。

「あっくん、おっぱい見すぎ」

「……ご、ごめん」

りんこ、おそろしい子……っ！

俺は情けなく口をあけて、りんこのテクニシャンっぷりに驚くことしかできなかった。

# 7　毎日催眠術にかかったフリをしてきた俺が、毎日死ね死ね言ってくる義妹のためにできること。

中間テストから二週間ほど経った六月中旬。

長い間続いた梅雨は明け、湿った地面を灼熱の太陽が照り付ける。

熱帯といっても差し支えないような日本の夏。

放課後。クーラーが決められた時間しか作動しない教室で、俺は速水の前で中間テストの結果、罪悪感に駆られつつも全教科の解答用紙を見せていた。隣に雫もいる。

「馬鹿な……！　あり得ない……！」

速水は文字通り目を見開いて、俺の解答用紙を見つめる。それもそのはず、ほとんどの教科で九十五点以上の高得点、数学や科学に至っては満点だ。対して速水の答案用紙は八十点前半や九十点前半。

「まだだ……！　提示された条件では、お前は学年一位にならなければいけない！　俺に点数で勝っていたとしても、佐々木さんに勝っていなければお前は負けだ！」

半ば悲鳴に近いような声を上げ、速水はりんこのほうへ駆け寄り、そしてまくしたてる。

「佐々木さん！　解答用紙を見せてくれ！　全教科！」

「え……いいけど……」

眉毛をハの字にする幼馴染、もちろん演技だ。あらかじめ用意されていた解答用紙を、速水に見せる。

「そんな……！」

何度も何度もテストの合計点を計算する速水。残念ながら結果は変わらない。

今回の中間テスト、おそらく順位は一位が俺で、二位がりんこだ。

中間テスト、最も平均点が低かった科目は数学。俺はりんこの神がかり的なヤマ張りで八十三点という高得点を取ったけれど、速水は調子を崩して六十九点という若干渋い結果に終わってしまった。

それが勝負の明暗をわけたのだ。

しかしながら、様々な工夫を凝らし、りんこが解答用紙をすり替えなければ俺のテストの合計点はりんこに負けて学年二位、速水との勝負、雫の提示した条件をクリアできずに負けていた。

「クソ……！」

心底悔しがる速水。俺はなんと声をかけていいかわからなかった。俺は不正をした、それはまぎれもない事実。勝負には勝ったけど一生懸命頑張って勉強したであろう速水に対して威張ることはできない。

「ほらね、言ったとおりでしょ。愚兄が本気をだせばこの程度余裕だって」

なぜか俺よりも自信満々に、速水を煽る雫。俺が学年一位を取ることを全く疑っていない。

そんな様子だ。催眠術の強制力。今の雫はそれを信じ切っていた。

「まだだ……まだ負けじゃない！」

速水は机をドン！　と叩き、そして俺をにらみつける。

「まだ、体育祭の選抜リレーが残ってる……。足の速さに、たまたまはない。まぐれが二度続くと思うなよ？」

彼の言うように、体育祭ではまぐれは起きない。学年テストのように不正は使えない。

実力が拮抗している選手同士ならともかく、俺と速水には明確な差がある。その日の体調や外的要因に実力を左右されたとしても、絶対にその差は埋まらない。

陸上部のエースに、真っ向から勝負して勝たなければならないのだ。

……しかし、策がないわけではない。

「なぁ……確認なんだけど、選抜リレーで最後にゴールテープを切ったほうが勝ち。この条件で間違いないよな？」

「ああ、そうだ。俺とお前がアンカーを走り、勝敗を決める。逃げるなよ……？」

「……もちろんだ」

条件の確認は終わった。あとは事を成すだけだ。

「俺が勝てば、雫さんは俺と付き合う。お前が勝てば、この話はなしだ」

口角をこれでもかと上げ、笑みを浮かべる速水。心臓と脳みそが、ゆっくりと熱を帯びる。

雫の見栄から、余計な一言から、この綱渡りのような勝負は始まった。もし仮に俺が負けて、雫と速水が付き合うことになったとしても、事の全容を知る第三者からすれば『自業自得』と一言で終わらせられてしまうかもしれない。

降って湧いたような災難。それでも俺の戦意は、不思議と萎えなかった。

「雫は絶対にやらん」

そう、速水に言い切る。

「勝てる根拠もないくせにイキってんじゃねぇぞ……！」

机から身を乗り出し、鼻息がかかる距離で俺をにらみつける。走り方も知らない素人に、陸上部のエースが勝利宣言されたのだ。怒らないほうがおかしい。

「根拠ならあるさ」

どんな汚い手を使ってでも勝つ。そう覚悟を決められる理由は、たった一つの、揺るぎない事実のため。

「俺は雫の、お兄ちゃんだからな」

呆気にとられる速水に、俺は精一杯見栄を切った。

＊　＊　＊

「はぁ……はぁ……！」

時刻は午後十時。

俺は肩にかけたタオルで汗を拭いながら、玄関に座り込む。

今の今まで、いつも通り坂道を走っていた。今回の作戦は、俺が百メートルトラックをある程度速く走れないと成り立たない。りんこの策があるとはいえ、俺の努力は必須なのだ。

荒い呼吸を整えていると、背後からガチャリと音が聞こえた。

「……お疲れ」

玄関から、少しだけ恥ずかしそうに雫が顔を出す。差し出された右手には、乾いたタオルが握られていた。

「ありがとう」

そう言って、汗で湿ったタオルと雫が持ってきたタオルを交換して、汗を拭う。

玄関の前で座り込む俺の隣に、雫も腰を下ろす。

「ねぇ」

「ん？」

「……お兄ちゃんは、今、誰のために、頑張ってるの？」

月明かりに照らされるアスファルトを見つめながら、雫はそう言った。考えるまでもない。

「もちろん、お前のためだよ」

もし仮に、催眠術にかかっていなかったとしても、俺は同じように努力しただろう。

俺は雫のお兄ちゃんなのだ。妹の危機に、頑張らない理由はない。

「……それは、妹のためって意味？」

「ああ、そうだ」

「そっか……」

今更催眠術の効力を確認する雫。催眠術の強制力は雫が一番よく知っているはずだ。……いや、実際には効力はないんだけど、幾度となく雫は俺に催眠術と称して無理難題を吹っかけてきた。そのことごとくを乗り越えてきた今、雫の中では、催眠術の力は疑いようもないはずなのだ。

「お前は、俺の大事な妹だ。絶対に速水のいいようにはさせない。安心してくれ」

おそらく雫も心配なのだろう。俺が負ければ、雫は速水と付き合わなければいけない。

俺を馬鹿にされて、勢いで啖呵を切った彼女が、大きな苦難を前に冷静さを取り戻し、心配になる。俺が雫の立場なら同じ気持ちになったはずだ。

湿った風が吹く。それと同時に、雲が月を覆い、影がおりる。

「ねぇ、こっち見て」

「？」

雫は、俺に揺れる五円玉を見せる。

「今から言うことは、忘れて」

「……あ、あぁ、わかった」

何かはわからないけど、催眠術は絶対。俺は紡がれるであろう雫の言葉に耳をすませる。

「私、お兄ちゃんの妹になんて、なりたくなかった」

「え……っ？」

雫の目元が鈍く光る。おそらく滲む涙。

「私は、催眠術でお兄ちゃんの気持ちをつくった。決めつけた。だから、もうこれ以上はない。一生偽物のままで、一生ただの妹のままで、終わる……」

「………」

返答することができない。あまりにも唐突で、まったく意識してなかった。

雫はただ、催眠術によって、俺と時間を共有できれば幸せ。それが雫の喜びで、それが雫が心から笑えるようになるために必要なことだと俺は思っていたからだ。

「地味女の言うとおりだよ……一度与えられたら、そこからもっと先に進みたくなる。けれど、私には先がない。お兄ちゃんの気持ちは、催眠術でつくった偽物だから……」

雫がどれだけ俺を催眠術で操ろうと、どれだけ深い関係になろうと『催眠術で無理矢理言いなりにさせた』という事実は残る。それが、雫の心を痛めつけるのだ。

手段を選ばないという選択が、甘美な時間という成功を生み、その甘美な時間を求める気持ちが、関係を先に進めたいという気持ちに変わる。

しかしながら、催眠術がそれを許さない。偽物の関係は、それを許さない。

良心の叱責、催眠術という欺瞞。それらすべてが、お互いにかみつき、痛みが生まれる。

手段を選ばないということは、本当の気持ちを明かさないということは、催眠術に真実を隠し、捻じ曲げるということは、自分の心さえも捻じ曲げ、そして苦しめるのだ。

嘘で塗り固められた関係に、先はない。りんこはそう雫にくぎを刺し、そして雫はそれに苦しめられている。

「……ごめんね、お兄ちゃん」

そう言って、雫は立ち上がり、家に戻る。俺は雫が戻るまでの間、何も言えなかった。

催眠術がなくたって、俺はお前のことを……。

そんなことは、口が裂けても言えない。俺は初めから嘘をついたのだ。雫の気持ちから逃げ、催眠術にかかったフリをするという選択をしたのだ。それを守るために、汚いこともたくさんした。

催眠術にかける側と、催眠術にかかった側、立場は違うのに、同じ理由で苦しんでいる。やるせない気持ち。それに蓋をして、俺はまた、暗闇に歩を進める。

体育祭までもう数日しかない。もうここまで来てしまった。後戻りはできない。

最後まで、道化を演じよう。それくらいしか、俺にはできない。

心底苦しそうな雫の言葉を、彼女のことが大好きなお兄ちゃんは、忘れなければならないのだから。

＊　＊　＊

体育祭当日。梅雨が明け、乾いた太陽がグラウンドを照らす。

二百メートルトラックを囲むようにテントが設置され、そこには貴賓席、保護者席、組ごとの席と、簡易的に分けられている。組ごとのシンボルや、グラウンドのはずれには屋台なども来ていて、さながらお祭りのようだった。

「ふぅ……」

開会式を終えた俺は、そんなお祭り空間から少し遠い場所にある、校舎部室棟の裏手、人気のないコンクリートで覆われた小さなスペースで柔軟体操をしていた。

俺が出場する種目は、組対抗選抜リレーのみ。赤、黄、青に分けられた組の中から、男子二人、女子二人、計四人を選抜し、四百メートルリレーのタイムで勝敗を競う。

普通なら俺みたいな日陰者が出場することなんて不可能な人気種目なんだけど、速水との勝負を見たい野次馬たちの後押しやら、顔が広いりんこのおかげで出場できるようになった。

選抜リレー開始は午後二時。体育祭が一番盛り上がる時間帯だ。

それまでに、体を完全な状態に仕上げなければならない。

「あっくん、体の調子はどう？」

曲がり角からひょっこり顔を出す幼馴染。俺は、ありのままの自分の気持ちを吐き出す。

「む、無茶苦茶緊張して吐きそう……っ！」

冷静に独白していたけど、その実、緊張でどうにかなりそうだった。表舞台に立ったことのない陰キャが、観衆ひしめき合うテントに囲まれたグラウンドで、陸上部のエースとリレーで対決するのだ。

緊張しないほうがおかしい。

「もう、作戦忘れたの？　あっくんが緊張する必要なんてないんだよ？」

「いやでも……バトンとか落としたら終わりだろ……！」

「たくさん練習したんだから大丈夫」

りんこはそういうと、柔軟体操をしていた俺の隣に座る。

「あっくんは前だけ見て走るだけ。今回の勝負は速水君との一対一での勝負じゃない。四対四のリレーなの。序盤で圧倒的な差をつければ、さすがの速水君でも打つ手なしだよ」

「まぁ……そうかもしれないけど……」

今回の作戦を端的に説明すると、序盤にりんこ達が大きな差をつけた状態で俺にバトンを回し、半周差くらいつけた状態で、俺と速水の勝負に持ち込む。そういう作戦だ。

少し地味だけど、最も効果的で、最も現実的。

第一走者はりんこが声をかけた元陸上部の男子。さすがに現役陸上部には勝てないだろうけど、大きな差をつけられることもはない。タイムを計算したので間違いないだろう。その後、バトンを第二走者のりんこと第三走者の女子陸上部部長が、他組の女子走者に圧倒的な差をつけて、アンカーである俺にバトンを回す。

全組の選抜リレー出場選手の百メートル走でのタイムを計り、計算。第一走者から第三走者まで最低五秒（距離にしておよそ六十メートル）差をつければ、俺と速水が走っても、俺に軍配が上がる。

そしてりんこの計算では、俺にバトンを回すまで五秒強、差が出ることになっている。

この大きな差は、女子陸上部部長の走力と、なぜかそれに匹敵するほど足が速いりんこのおかげだ。

学年テストも、これから始まる選抜リレーも、りんこの助力がなければ俺は成す術もなく敗北していただろう。

柔らかな笑みを浮かべて、りんこはそういった。

「大丈夫、きっと勝てるよ」

「りんこ、本当にありがとう」

立ち上がり、肩を軽く回す。

「これで俺は、雫を守れる」

りんこが可能性を作ってくれた、あとは全力を尽くすだけだ。

「……あっくんは本当にひどいなぁ……」

「えっ……？」

「だって私、結構あっくんのこと好きなんだよ？」

「…………あ」

その言葉で、理解する。今の俺は、妹のために、俺に想いを寄せる幼馴染に催眠術をかけ、学年テストで不正を働かせ、そして体育祭でも利用しているのだ。

そんな相手の前で、催眠術をかけ正気を失わせている状態とはいえ、雫の名前を口に出すのは本当に最低。最低の中の最低だ。

「ごめん……」

「謝らなくていいよ。……けど、そうだね」

りんこは、いたずらっ子のように笑って。

「健気に頑張るあっくんの奴隷に、ほっぺにキスくらいのご褒美くらい、あってもいいんじゃないかな？」

「え……っ」

そういって、頬を俺に差し出す。

……確かにここまで利用しておいて、りんこのお願いを何も聞かないというのはすでにボロボロになった良心でも痛む。

「わかった、するぞ」

「ふぇっ……？」

呆けた声を上げるりんこの肩を抱き、頬に唇をあてた。

柑橘系の香り、やわらかい頬は急速に熱を帯びる。

「ちょ！　あっくん!?」

「どうした……？　や、やっぱり嫌だったのか……？」

「い、いや、嫌じゃないけど！　むしろ最高のご褒美だったけど……ま、まさかあのヘタレあっくんが本当にキスするとは思わなくて……っ！」

確かに、以前の俺ならこんな恥ずかしいことはできなかった。けれど俺はあの雫のクッソ恥ずかしい催眠術（お願い）に耐えてきたのだ。幸か不幸か、今更ほっぺにキス程度で動じたりしない。

「け、計算外だよぉ……」

俺の胸にうずくまりながら、小さな声を上げるりんこ。

人外級に賢いはずの幼馴染は、まるで小動物のように小さくなっていた。彼女の恥ずかしがる姿を見て、俺まで恥ずかしくなる。

「お、俺ちょっとトイレ行ってくる！　リレーの三十分前には待機所に戻るから！」

「う、うん……」

もじもじするりんこをしり目に、俺は部室棟三階にあるトイレに向かう。

雫の催眠術に応えるため、催眠術にかかっているフリを続けるため、この数か月間あらゆる手段を講じてきた。

幼馴染の目の前で妹大好き宣言したり、自作の義妹小説の主人公のセリフを朗読したり、人生初のサイン会で女装したり、幼馴染を催眠術にかけたり、学年テストで一位になったり。本当にいろいろあった。

次は選抜リレーで、一位を獲る。いままでの苦難に比べれば、なんてことはない。

俺は雫が笑顔になれるまで、素直に笑えるようになるまで、催眠術にかかったフリを続ける。道化を演じ続ける。それが本当に正しいことなのかはわからないけど、あがくしかない。

俺は、雫のたった一人のお兄ちゃんなんだから。

「…………え？」


部室棟三階、そこに続く階段。

三階に上り切ろうとして、足を上げた瞬間。

誰かに、襟《えり》を引っ張られた。

視界は反転、後頭部に鈍い痛みが走る。ごろごろと成す術もなく転げ落ちる体。

俺の意識は、そこで、途切れた。

＊　＊　＊

あっくんと作戦の打ち合わせをしてから三十分ほど経った後、私は女子陸上部の部室まで来ていた。

今回の選抜リレー、女子陸上部部長の山中《やまなか》さんには、大会が近いのに無理を言って参加してもらった。

選抜リレーでのパフォーマンスを上げてもらうため、少しでも心証をよくするため、あいさつに行ったほうがいい気がしたのだ。

雫ちゃんのために頑張るあっくん、すこし嫌な気持ちになるけれど仕方がない。

ここで、あっくんの催眠術にかかった奴隷として恩を売っておけば、彼は罪悪感から私を無下にできなくなる。

「……ッ」

さ、先ほどのほっぺにキスが、その効力の強さを如実に表している。

私はこのまま、あっくんとの催眠術の絆を利用し、距離を縮める。雫ちゃんのように感情に任せた使用はしない。

あっくんの心を、良心を利用し、罪悪感を抱かせ、逆に言いなりにさせる。

「ふふっ」

思わず笑みがこぼれる。あっくんを幸せにできるのは私だけ。

幼いころ、化け物みたいだといじめられる私に、優しく手を差し伸べてくれた彼。

その瞬間から、私はずっとあっくんのために生きてきたのだ。

雫ちゃんの催眠術というイレギュラーもあったけれど、むしろそれを利用することができた。

選抜リレーでわざと負けて雫ちゃんと速水くんをくっつける展開も魅力的だけど、それではあっくんの関心は雫ちゃんにとられたままで終わってしまう。

必要なのは、ゆっくりと、罪悪感という名の毒に浸すこと。時間さえ経てば、私とあっくんは結ばれる。そのために、今回の無理難題もクリアしなければならないのだ。

女子陸上部の部室の扉をノックしようとした瞬間、背後から声をかけられる。

「あ、りんこちゃん……」

「山中さん、今ちょうどあいさつしようと思ってたんですよ。今回は無理を聞いてもらって本当にすみません」

人懐っこい笑顔でそう切り出す。けれど山中さんの表情は、私の笑顔とは反対で暗い。

「そ……そのことなんだけど……」

「どうかしたんですか……？」

うつむきながら言葉を探す山中さん。その背後、フェンスの裏で、速水君がこちらの様子を窺っていた。何故か大量の汗をかきながら、満面の笑みで。

「選抜リレー……私、体調くずしちゃって、出られそうにないの……本当にごめんなさい！」

山中さんはそういうと、校舎のほうへ走り去った。

急な体調不良。それを信じるほど、私はお人好しじゃない。

「ずいぶん必死なんだね、速水君！」

隠れた気になってた彼に聞こえるよう、大声でそう言う。

私達、もといあっくんに確実に勝つために、彼は山中さんに何か吹き込んだのだろう。

陸上部のエースである彼なら、山中さんに接触するのも容易なはずだ。

「言いがかりはやめてくれよ佐々木さん。彼女は本当に体調が悪かったんだよ、きっと」

悪びれもせず、物陰から出てくる。

「そうは見えなかったけどね、まるで誰かに脅されてたみたいに怯えてたよ？」

「……先に汚い手を使ったのはそっちだろ？　あの陰キャが学年テストで一位を獲れるはずが無い。俺が負けるはずがないんだ。きっとお前がカンニングでもさせたんだ……！」

少し煽ると、感情にまかせて犯行動機を答える金髪。まったくもって知性に欠ける。

「とにかく、メンバーに欠員が出た以上、代わりの人を探さなきゃだね。それじゃあ速水君、選抜リレーで会おうね」

顔に笑顔を張り付けて、私は速足でその場を去る。

「欠員は、本当に一人だけか……？」

聞き捨てならない言葉、振り向くと。

「……っ」

目を血走らせて、速水君は笑っていた。

「まさか……！」

私はスマホを取り出しながら駆けだす。

「お願い電話に出て……！　あっくん……！」

いくら待てども、あっくんが電話に出ることはなかった。

＊　＊　＊

つめたくて、なまぬるくて、くらい。

ゆっくりと、まぶたをあける。

「……」

視界は、ぼやけていた。俺は……たしか……トイレに行こうとして……。

遠くのほうで、誰かの声が聞こえる。

「あっくん！　大丈夫!?」

瞬間。意識が覚醒する。

俺はトイレに行こうとして、そして階段から落ちたんだ。

「……ッ！　り、リレーは……!?」

体の節々が痛いけれど、そんなことはどうだっていい。選抜リレーで勝たなければ、雫は
……！

「リレー開始まであと十五分だよ……で、でも、そんなことより、あっくん……ッ！」

かすれた視界、涙目になるりんごがかろうじて見えた。自分の体を見ると、体操服の胸元が
血だらけになっていた。

鼻が痛い。おそらく、鼻血で汚れたのだろう。

「……ッ！」

体を起こす。痛みはあるが、関節は動くし、意識もだんだんとはっきりしてきた。これなら、
走れる。

「りんこ、グラウンドに行くぞ。もう時間がない」

「何言ってるの!? あっくん階段から落ちて気絶してたんだよ!? リレーなんかもうどうでもいい！ 早く病院に行かなきゃ！」

取り乱すりんこ。彼女の涙が体操服のズボンにしみ込んだ。

「それに、速水くんに山中さんを懐柔されて、メンバーが一人足りないの……誰か代わりを見つけようとしたんだけど、あっくんを探すのに必死で……」

俺を階段から落とした犯人。山中さんを懐柔した速水。りんこの表情を察するに、これらすべては速水の妨害。リレー開始まで残り十五分。一刻の猶予も許されない。

「りんこ、これを見ろ」

ポケットから、五円玉を取り出し、左右に揺らす。

「俺は、リレーに出て、速水に勝つ。だから……協力してくれ……！」

負けるわけにはいかない。負ければ雫が、速水にいいようにされる。

それだけは絶対に避けなければいけない。五円玉を見つめるりんこ。一瞬目を離して、彼女は歯を食いしばる。

「でも……メンバーがいないんじゃどうしようもないよ……今回の作戦は私と山中さんで差をつけて勝つ予定だった。同じくらい足が速い人なんて……」

「いるだろ……一人……」

「え……？」

「学年テストでは毎回上位に食い込むほど成績優秀で、一年の時の体育祭で陸上部の女子を抜き去るほど運動神経抜群な、りんこと同じくらいの完璧超人が……」

「私に、頼ませるの……？」

「……頼む、りんこ……」

五円玉を揺らす。もうそれしか方法がない。りんこは、ゆっくりと立ち上がる。

「あっくんは、体操服の上着を着て、なるべく早くグラウンドに来て。服についた血を隠さなきゃ、たぶん走るの止められちゃうよ」

背中を向けて、幼馴染はそう言った。

「ありがとう……」

＊　＊　＊

人ごみをかき分けて走る。

選抜リレー開始まで残り時間わずか、体育祭で最も人気がある種目を一目見ようと、トラックを囲む観客テントには生徒や保護者でごった返していた。

あの子なら……あっくんが走るコースの前、グラウンド南のテント、そこの最前列にいるはず……！

「ぷはっ！」

人ごみを抜けて、トラックが見える観客席最前列に出る。

選抜リレーで選手達がスタートし、ゴールする場所。そこがよく見える一番人気の場所。

予想通り、彼女はそこにいた。

「雫ちゃん！　ちょっと来てッ！」

「っ!?」

テントの中で、高そうなビデオカメラを持って行儀よく体育座りしていた雫ちゃんの腕をつかんで、無理矢理立たせる。

「ちょっ！　何なのよ地味女！　私はいまからお兄ちゃんの勇姿を」

雫ちゃんの言葉をさえぎり、説明を始める。

「走りながらでいいから聞いて！　選抜リレーのメンバーが足りないの！　だから雫ちゃんに出てもらう！」

「はぁ!?」

「悪いけど考える時間もあげられない！　お願いだから出て！」

「な、なんで私がアンタの頼みなんか……！」

渋る恋敵。私は、足を止めて、彼女の肩を両手でつかむ。

「よく聞いて、このままじゃあっくんは速水くんに負ける。不戦敗で負ける。あなたの為に、あなたのわがままのために、この数か月間、本当に死に物狂いで努力したあっくんが負けるの！　理解できる!?」

「ッ……！　お、お兄ちゃんが負けるはずがないでしょ！」

わがままという単語はあっくんと雫ちゃんの間にしか通じない単語だけど、この際仕方がない。

私は思っていることをすべてぶちまける。

「学年テスト一位!?　選抜リレー一位!?　ふざけるのも大概《たいがい》にして！　勉強も運動も苦手なあっくんがそんなあなたの『お願い』のために、どれだけ苦しい思いをしたと思ってるの!?」

「お、お兄ちゃんは……お兄ちゃんなら、本気出せばそのくらい……！」

「あなたの理想を彼に押し付けないで……！　今まであっくんがその迷惑な理想に応えてきたのは、ひとえに雫ちゃんのためよ！　到底届かない結果を、捨て身の努力で引き寄せたの！」

催眠術という思い込みの力なんて、彼にはない。彼はただの平凡な……いや、平凡以下の男子高校生だ。でも、それでも、彼はあきらめなかった。寝る間も惜しんで勉強し、吐くほど走った。

その努力がなければ、点数が離れすぎて私とテストのすり替えだってできなかったし、リレーだってもっとハンデが必要になり、山中さんが出場できたとしても到底敵わなかった。

あっくんは勝とうとしてる。雫ちゃんのために。

……本当、死ぬほどイラつく。

「これで最後よ！　雫ちゃんのために勝とうとするあっくんを、雫ちゃんが勝たせなさい！もともとはあなたが始めたケンカでしょ！」

人目もはばからず、私は叫んだ。雫ちゃんは。数秒黙って。

「………………勘違いしないで、アンタの頼みを聞いたわけじゃないから」

そう言って、上着を脱いだ。

「足、引っ張らないでね」

「こっちのセリフよ」

校舎に設置された大きな時計を見る。

選抜リレー開始まで、残り五分。

＊　＊　＊

「はぁ……はぁ……っ！」

髪の毛から水が滴り、長袖の体操服を濡らす。

水道水によって冷えた脳みそは、階段から落ちた直後とは思えないほど冴えていた。

選抜リレーが始まるまでもう五分もない。

息を切らしながら人ごみを縫って、俺は競技者が控えるテントに転がり込んだ。

「あっくん！　よかった……間に合った……！」

汗だくの俺を見て、優しく声をかけるりんこ。驚いたような顔で俺を見つめる教員。そして、速水。

「ど……どうして……お前が……！」

「悪いな速水……アップしてたら遅れちまった」

俺の軽口に対して、速水は親の仇でも見るかのように顔を歪めた。

「四人揃いました。競技に出られます」

りんこがそう教員に告げる。控室の隅を見ると、雫が恥ずかしそうにテーブルに寄りかかっていた。

これでようやく勝負ができる。

時間が押しているのか、教員達は急かすように俺達を整列させ、入場曲をかけた。

トラックを囲む大勢の観客。その歓声に交じって、速水の声が聞こえた。

「お前は……何度俺をコケにすれば気が済むんだ……ッ」

雫の暴言に続き、学年テスト、そして今回の妨害。おそらく俺は速水の予想を大きく上回る結果を残してきた。速水はそれが許せないのだろう。

いままでずっと、社会的強者。諦めることも、負けることも知らない。

そんな彼が、俺みたいなスクールカースト最底辺に苦汁をなめさせられているのだ。

腹が立たないわけがない。

「……お前が雫に手を出そうとする限り、何度だってコケにしてやる」

速水は、より顔を歪める。速水のやり方に文句は言わない。俺だって、彼と同じように汚い手を使ったからだ。だからこそ一歩も引かない。

整列し、少しの静寂、そして審判がピストルの撃鉄を起こし、引き金を引く。

かん高い音が、空に響いた。それと同時に、土を蹴り上げ、スタートを切る第一走者。

割れんばかりの歓声がトラックを包む。点数が入る競技としてはこの選抜リレーは最後の競技。そして現段階で一位の速水率いる赤組に、俺と雫とりんこが所属する青組は僅差で二位につけていた。

このリレーで勝てば、青組が優勝し、なおかつ、雫の運命が決まる。

そんな様々な要素が絡み合い、選抜リレーはかつて類を見ないほど盛り上がっていた。

第一走者が百メートルを走りぬき、バトンがりんこに渡る。

一位は赤組、そして僅差で青組、その後ろ少し離れて黄組、緑組と続いていた。

「行け！　りんこッ！」

声を荒げて応援する。偶然か、その声と同時に加速。大きな重りを揺らして青組の女子走者を追い抜き、さらにぐんぐんと距離を開けていく。

「は……？」

りんこの走りを見て、速水は焦りを見せる。そりゃそうだよな……おっとりとした見た目のりんこがあんなに走れると普通は思わない。

「ま……まだ、大丈夫だ……」

うわごとのようにそうつぶやいても、もう遅い。

りんこは最後までスピードを落とさず、むしろ加速して、第三走者の雫のもとへ風のように飛び込む。

雫もりんこのスピードに呼応するように、リードをとった。

「差を広げなきゃ承知しないから！」

「さっさと渡しなさい、地味女！」

パシンと乾いた音をたてて、バトンは速度を全く落とさず雫に渡る。

りんこの最速でスタートし、そこからさらに加速。

一年前、陸上部さえも置き去りにした健脚が火をふいた。

雫は割れんばかりの歓声を、小さな背中でつかみ、ぐんぐんと距離をあける。

「こ……こんなの、ありえない…………」

ぼやく速水を無視して、トラックの一番内側に陣取り、深呼吸する。

赤組との差は、想定していた距離よりも大幅に開いていた。これならコンディションの悪い俺でも速水に勝てる……！

頭は少し痛むけど、足も動くし呼吸もできる。

りんこと雫が必死で作ってくれた差を、無駄にするわけにはいかない。

あっという間にトラックを半周し、アンカーである俺のもとにやってくる雫。

雫の最高速度に合わせてリードを獲るため、俺は体勢を整え、勢いよく一歩踏み出した。

「ッ!?」

けれど、二の足がついてこない。

後ろ足が、何かに引っかかった。

「グッ!!」

俺は勢いそのままに、顔面からグラウンドに倒れ込む。

「あ、ごめん市ヶ谷くん！　靴ひも結んでて気づかなかった！」

速水のわざとらしい声が背後から聞こえた。

おそらく、俺の後ろ足を靴紐を結ぶふりをして速水は自身の肩に引っかけたのだ。

腹を立てている暇はない、すぐに立ってリードをとらなければ……！

「あ……れ……？」

けれど、うまく足が動かない。地面にぼたぼたと血が垂れた。

転んだ拍子に、階段で転んだ時の傷が開いたのだ。鼻血が垂れ、額に血がにじむ。

俺のコントのようなズッコケっぷりに、マンガのような情けない鼻血。

「さぁ皆さん！　盛大にこけても頑張る市ヶ谷くんを応援してあげてください！」

速水の演技くさい応援をきっかけに、トラックを囲む観客の白熱した応援は一気に嘲笑へと変わる。

意識が朦朧《もうろう》としてきた……。

やっぱり……俺なんかじゃ……。

冷たい笑い声に、完全に戦意を喪失しかけた。

その時。

「お兄ちゃん！　頑張ってッ！」

背後で、妹の声が聞こえた。

瞬間。意識は覚醒し、足に力が戻る。

俺は今まで、何のために頑張ってきたんだ。

すべては……。


「雫のためだろうが……ッ！」


立ち上がり、地面を蹴り上げる。

背後を振り向くと、雫がトラックに飛び出していた速水を弾き飛ばして、俺のもとへ駆けてくる。

「お兄ちゃん、勝って！」

「……ああ、任せろッ」

バトンを受け取り、走り出す。

顔面血だらけになりながら、鼻血をまき散らし、涙目で走る。

そんな俺を見て、観客や生徒たちは大声で笑った。

どんなに馬鹿にされても、どんなに笑われてもいい……！

雫の期待にだけは、絶対に応えるッ!!

「俺は!!　妹のために勝つッ!!」

体はボロボロなのに、自分でもびっくりするくらい速く走れた。

風を切り、体を倒しコーナーを曲がる。

血が流れ、ふらつく意識を奥歯をかみしめてこらえる。口の中に血の味が広がった。

あと、もう少しッ！

そう思ったのもつかの間、背後から土を蹴り上げる音が聞こえる。

「市ヶ谷ぁぁぁぁあああああ!!」

あれだけ広がっていた速水との差はすでに、五メートルほどの距離に縮まっていた。

なんて速さだ……！

このままじゃ、追い抜かれる……ッ！

速水に威圧され、後ろを振り向きそうになる。

「あっくん！　前だけ見て走りなさいッ！」

ゴール付近で待っている幼馴染に視線が移った。隣には雫もいる。

後ろから迫る速水の気配を振り切り、全力で腕を回し、足を前に出す。

息は切れ、血だらけになり、泥まみれ。

そんな情けない俺の姿を見ても、雫とりんこは大声をあげて必至に応援してくれている。

絶対に負けられないッ！　絶対に勝つッ！

「ッ！」

声にならない声を上げ、加速する。
背後から、もう気配は感じない。
俺は、まだ土のついていないゴールテープめがけて飛び込む。
腹に当たる微かな感触。
その感触を確かめたと同時に、俺はまた、グラウンドに転がり込んだ。
消えゆく意識の中、最後に聞いたのは。
割れんばかりの歓声と、りんこと雫の、涙まじりの声だった。

＊　＊　＊

やわらかい風が、頬をなでる。
ゆっくりとまぶたをあけると、淡いオレンジ色の光が見えた。

揺れる白いカーテン。ズキズキと痛む体。

微かに、消毒液の香りがした。

ここは……保健室？

「……っ」

体を起こそうとするけど、何かやわらかいものが腹に乗っかっているようで、思うように体が動かない。頭を起こして、視線だけ送ると。

「……雫」

可愛らしい寝息をたて、俺が寝ているベッドに倒れ込むようにして雫は寝ていた。

眉間にしわが寄ってない彼女の表情は女神のように安らかで、目鼻立ちは怖いくらいに整っていた。

おそらく、選抜リレーで怪我をした俺を看病してくれていたんだろう。

しばらく雫の寝顔を眺めていると、長い睫毛《まつげ》がピクリと動く。

「お兄ちゃん……？」

「おはよう、雫」

「っ！」

あいさつとともに、雫は俺にラグビー部の顔負けのタックルを叩き込んでくる。

「ぐえっ！」

「もう！　心配したんだからっ！」

声に涙が混じっている。

「心配かけて……ごめんな……。そ、それより、体育祭の、選抜リレーの結果は……？」

誰かに着替えさせられたであろうシャツに、雫はぐりぐりと顔を押し付けたあと、ゆっくりと顔を上げる。

「……お兄ちゃんの、ぶっちぎりの一位に決まってるでしょ」

淡い光に照らされて、何故か少し恥ずかしそうにそう言う彼女。

少しだけ滲《にじ》んだ涙が、夕日に反射して、キラキラと光る。

光の加減なのか声音によるものなのかはわからないけど。

少しだけ、笑っているような、そんな気がした。

「…………っ」

抑えていた感情が、堰《せき》を切ったように溢れ出る。涙で雫の顔が見えない。

「お兄ちゃん!?　どこか痛いところでもあるの!?」

慌てる雫を俺は抱きしめる。

嘘で繋いだ絆。催眠術による欺瞞《ぎまん》の関係。そんな後ろめたい術《すべ》を、嘘をつき続けた。

何度も、何度も迷った。これで本当に雫が幸せになれるのか、本当に彼女が笑えるのか……と。

情けない道化を演じ、数々の苦難を乗り越えた先に、その答えはあったのだ。

笑っていると言い切れるかあやしいけど、それでも、少しだけ頬が緩んだ雫の顔。

それが、俺にとっての答えだった。

「良かった……本当に……！　良かった……っ！」

俺が負ければ、雫は速水の言いなりになっていた。奇跡みたいな偶然が何度も重なった。

勝てる保証なんてどこにもない。本当に、奇跡みたいな偶然が何度も重なった。

頬を紅潮させて固まる雫の頬を撫でて、髪をすく。

「……俺はいくら馬鹿にされても、お前さえいてくれればそれでいいんだ。あまり心配かけさせないでくれよ」

催眠術にかかったフリではない。心の底からの、本心だった。

「……ほ、本当に、ごめんなさい。お兄ちゃん」

珍しく素直に謝る雫。今回の件は雫が発端だ。俺が負けかけて、催眠術の強制力にも限界があると解釈してくれただろう。これからのお願いが、催眠術が、少しでも難易度の低いものになることを祈りながら、俺はまぶたを閉じた。

いや。正確には、閉じようとした。だ。

ひと段落付いたところで、幕を、まぶたを下ろそうとしたんだけど。

保健室の扉が、とんでもない勢いで開かれたのだ。

扉の先にいたのは、りんこでも、教員でもない。

「速水……ッ！」

驚愕。

目を血走らせ、泥だらけになり、汗だくになっている速水がそこにいた。

いや、俺が驚いたのはいつも小奇麗にしている速水が泥まみれになっていることではない。刮目《かつもく》すべきはその左手。

俺は、彼が持っているそれを、よく知っていた。

俺と雫、そしてりんこの関係性を、ほどけないほど複雑にしたそれを。

「なんであなたが……その本を……ッ！」

焦る雫。それもそのはず。速水の左手に大事そうに抱えられているそれは、雫が持っているであろう本。

催眠術の本だったからだ。

このままじゃ終わらせない。催眠術という嘘を使った代償《だいしょう》に、悪魔がそう笑っているような気がした。

「ははっ……やっぱりおかしいと思ったんだ！　雫さんがお前みたいなやつを相手にするわけがない！　何か秘密があるに決まってた……！　そして見つけた！　雫さんのカバンの中でッ！」

目を血走らせ、唾を飛ばし、取り乱す速水。

プライドをこれでもかというほど傷つけられた彼が見つけたのは、俺達の関係を証明するような代物。いや……冷静な彼なら、催眠術の本を見つけたとしても、鼻で笑う程度で俺達の関係と結びつけることはしなかっただろう。

しかし今の速水は飢えている。

勝利に、俺達の敗北に飢えているのだ。

だから、催眠術の本という眉唾なものでも信じるしかなかった。そして、現物を突き付けられた俺達はまんまと。

「その顔……やっぱりそういうことなんだな……ッ！」

顔を緊張でゆがめる。

「お前が雫さんに催眠術をかけ、そして言いなりにさせた！　今まで雫さんの正気を失わせていいようにしてきたんだろうッ！」

何か言い返さなければ、シラを切り通さなければ！　そう考えて口を動かそうとするんだけど、喉元で言葉が止まる。

ここで俺が催眠術の本に対して何か言及すれば、俺が催眠術にかかってないことがバレてしまう……！

迷っている間に、雫が口を開いた。

「その本は……友達から押し付けられただけよ……！　いいから返しなさい……っ！」

「押し付けられただけにしては、ずいぶん必死そうだね……雫さん……それとも催眠術で言わされているのかな……？」

にやりと笑みを浮かべる速水。間違いない確信している！　言い逃れはできない！

「じゃあそろそろ、本当にこの本が、友達に押し付けられただけのふざけた本なのかどうか、試してみようか」

催眠術の本を開き、速水は右手で素早く糸をつけた五円玉をポケットから出した。

視線を逸らす暇もない。

「雫さん……今助けてあげる……！　俺の催眠術で上書きしてあげる……！」

まずい！　雫は今寝起き！　催眠術にかかる条件を満たしてしまっている！

「くそッ！」

ベッドから飛び起きて雫のもとへ向かおうとするけれど、体が上手く動かすに床に転がり込む。また強く鼻を打ち付けて、血がにじむ。

そのわずかな間に、速水はお決まりのセリフを吐いて、雫の視線を奪った。

「体の力が抜けてきて……貴方は私の言いなりになる……！」

速水の声が保健室に響いた瞬間、こわばっていた雫の体が、肩が、すとんと落ちる。

全身が脱力していた。それは、催眠術の下準備が完了した合図。

「やめろ速水ッ！」

このまま速水が暗示をかければ、間違いなく雫に催眠術がかかる。

芋虫のように這って彼を止めようとするけれど。

「邪魔するなッ！　殺すぞッ！」

彼は目を血走らせながら、保健室にあった大きなハサミを手に取った。

「お前が見てる目の前で、お前がしたように、雫さんに催眠術をかけて……それで……」

この世で最も醜悪で、下卑た笑顔を、速水は浮かべていた。

怒りが、不安が、脳内を埋め尽くす。雫に催眠術をかけた速水が、雫に対して何をしようとしているのかは想像に難くなかった。

「ッ！　ぐぁッ！」

痛む体を無理矢理起こして、俺は立ち上がった。

俺は殺されたって構わないッ！　けど雫だけは絶対に助けるッ!!

速水に体当たりしようとした刹那。

雫が、ゆっくりとこちらを振り向いた。

「おにい……ちゃ……ん。おねが……い……」

うつろな瞳。

意識を失いかける寸前。

催眠術にかかりかけている状況で、自我を保ち体を動かすのは至難の業だ。それは俺も経験している。

絶対に体は動かせないはずなのに、何か大きな力に脳内を支配され、考えることもままならないはずなのに。

それでも雫は、言葉を続ける。

「に……げ……て…………」

それは、その命令は、催眠術。

薄れゆく意識の中、自分の体が危険に晒されているにもかかわらず、雫は俺に催眠術をかけたのだ。

『逃げて』と。

催眠術の効力は絶対。

俺は催眠にかかったフリをしてきた。

雫との関係を崩さないために、死に物狂いで催眠術にかかったフリを続けてきた。

今回のお願いは、今までのどんな催眠術よりも簡単。

幼馴染の目の前で妹大好き宣言よりも。

自作の義妹小説の主人公のセリフを朗読するよりも。

人生初のサイン会で女装するよりも。

幼馴染を催眠術にかけて、学年テストで一位、選抜リレー一位を獲るよりも。遥かに簡単だった。

ここでその簡単なお願いに背けば、今までの努力はすべて無駄になる。

「…………」

雫に嫌われないために、雫との関係を壊さないために、俺は催眠術にかかったフリを続けてきた。

「……いや違うな」

りんこの言葉を、俺はようやく理解する。

『あっくんは、なんで雫ちゃんの催眠術があっくんに効かなかったか、理解してる？』

俺が雫の催眠術にかからなかった理由。

雫が危険にさらされて、俺はようやく理解した。

催眠術にかけた瞬間、その催眠が、暗示が、もうすでにかかっている状態であれば催眠術は失敗する。

妹だからと言い訳して、自分の本当の気持ちを隠して、嘘の感情で覆い隠して。

普通に考えればわかる。そうでなければ、雫の突飛なわがままの為に、命を賭けたりはしない。

「雫のことを、俺はもうすでに、これ以上ないくらいに、大好きだったんだ……」

だから、催眠術にかからなかった。

だから、催眠術にかかったフリになった。

もう迷う必要なんてない。

俺が成すべきことは、ただひとつ。

うつろな瞳で、涙を流す雫。

「雫さん！　まずは俺とッ！」

そんな妹に、命令しようとする速水に。

俺は思い切り踏み込んで。


「俺の妹を泣かせるな」

右こぶしを顔面めがけて振りぬいた。


「ぐがぁッ!!」

血をまき散らしながらのけぞり、転がりながら速水は壁に叩きつけられる。

彼は油断しきっていたのか、無防備な体勢でもろに右ストレートを喰らい、意識を失ったようだ。


「な……んで？」


背後で、速水の催眠術が失敗し、正気を取り戻した雫が声を上げる。

俺は雫の催眠術に背いた。

それは、俺が雫の催眠術にかかっていないことの証明。

けれど後悔はない。そもそも迷う必要性すらなかったのだ。

俺は、催眠術にかかったフリをしていた。雫を笑顔にするために。

大好きな妹の為に、嘘をつき続けていたのだ。

だから、雫を泣かせた速水を許せなかった。

それが、催眠術にかかっていないことがバレて雫に嫌われることよりも、つらくて、耐えられないことだった。

それだけのことなのだ。


「ごめんな雫、お兄ちゃん、ずっとお前に嘘ついてた」

「へ…………？」


痛みの果てに。欺瞞《ぎまん》の果てに。

そうして、ようやく。

嘘ではない、本当の物語が、始まる。

《了》

# あとがき

はじめまして、田中ドリルです。はじめましてではない方は四月下旬ぶりですね。

『仲が悪すぎる幼馴染が〜（以下略）』に続き、ブレイブ文庫さんで本を出させていただけて、本当にうれしい気持ちでいっぱいです。

突然ですが、私は催眠術を使うことができます。

拙作『毎日死ね死ね言ってくる義妹が、俺が寝ている隙に催眠術で惚れさせようとしてくるんですけど……！』が書籍化されたのも、僕の担当である韓さんに催眠術をかけて惚れさせたからです。

そして、このあとがきを読んでいるアナタにも、僕は催眠術をかけました。

作中に出てくるキャラクターたちが、アナタを夢中にさせているのがその証拠です。

体の力が抜けてきて、アナタは私の言いなりになる。あなたは催眠義妹を、これ以上ないくらい大好きになる。

催眠術にかかってしまい雫やりんこや吉沢さんに惚れてしまったアナタは、僕がかけた暗示通り『毎日死ね死ね言ってくる義妹が〜(以下略)』をもっともっと大好きになり、ツイッター、もしくはその他のＳＮＳで『#催眠義妹』をつけて、感想を投稿してしまいます。そういう催眠術をかけました。

もし仮に催眠術にかかっていない方がいたら、主人公、碧人の気持ちを知る為にも、催眠術にかかったフリをしてみてもいいかもしれませんね。

最後に、この作品を作るきっかけになった数々のエロ同人誌（催眠モノ）、担当の韓さん、この作品に携わってくれたすべての方々、そして催眠義妹を買って読んでくれた読者様、本当にありがとうございます。

それと帯の裏側にもあるように、コミカライズ決定も、そのコミカライズを原作者である私が、漫画家として描くことに決まったのも、すべて皆様の応援のおかげです。

皆さんを惚れさせてしまった責任をとる為にも、催眠義妹の執筆頑張ります。

八月末、暗い部屋、糸でつるされた五円玉を揺らしつつ、片手でキーボードを打ちながら。

田中ドリル

BRAVENOVEL
ブレイブ文庫

# 毎日死ね死ね言ってくる義妹が、俺が寝ている隙に催眠術で惚れさせようとしてくるんですけど……!

2020年9月25日　初版第一刷発行

著　者　　田中ドリル

発行人　　長谷川　洋

発行・発売　株式会社一二三書房
〒101-0003 東京都千代田区一ツ橋2-4-3
光文恒産ビル
03-3265-1881

印刷所　　中央精版印刷株式会社

■作品の感想、ファンレターをお待ちしております。

■本書の不良・交換については、電話またはメールにてご連絡ください。
一二三書房　カスタマー担当　Tel.03-3265-1881
(営業時間:土日祝日・年末年始を除く、10:00～17:00)
メールアドレス:store@hifumi.co.jp

■古書店で本書を購入されている場合はお取替えできません。



■価格はカバーに表示されています。

■本書は小説投稿サイト「小説家になろう」(http://syosetu.com/)に掲載された作品を加筆修正し書籍化したものです。



ISBN 978-4-89199-664-2